# CHIMÙ

Par RIMIQUEN

Édition : BoD – Books on Demand

12/14 rond-point des Champs-Élysées, 75008 Paris

Impression : BoD – Books on Demand,

Norderstedt, Allemagne

ISBN : 9782322399550

Dépôt légal : Octobre 2021

C’est une œuvre de fiction inspirée d’évènements réels, mais toute ressemblance avec des personnes existantes serait purement fortuite

# CHAPITRE 1

Un tintement à la porte indiqua à Marie qu'un client ou plutôt qu'un ami venait d'entrer dans sa librairie, car c'est ainsi qu'elle considérait tous ceux qui partageaient sa passion des livres. Un sourire sur les lèvres, elle releva la tête, mais ne put s'empêcher de froncer les sourcils en apercevant Ethan l'homme de sa vie, qui se tenait juste devant elle. Il semblait si sérieux, dans son costume bleu coupé à la perfection.

- Ethan ? Mais que fais-tu ici, je te croyais en déplacement pour quelques jours, tu es parti si précipitamment hier. Remarque, je suis super contente de te voir dans ce lieu dédié aux rêves, conclut-elle en faisant une pirouette sur elle-même, les bras grands ouverts, avant de se précipiter vers lui.

Elle s'arrêta brusquement, il avait la mine grave des mauvais jours. Il posa sur elle un long regard, avant de reculer vers la porte qu'il verrouilla, puis il retourna le petit écriteau indiquant que sa librairie était fermée.

- Mais enfin ! Ethan que se passe-t-il ? Je n'ai pas fini ma journée, il n'est que dix-sept heures, s'écria Marie le cœur battant, légèrement effrayée par son comportement, cela ne lui ressemblait pas.

Cet homme était toujours d'un calme olympien, il adorait tout maîtriser. Cela faisait partie de son métier, comme il tenait souvent à le préciser. Ethan dirigeait une société spécialisée dans la sécurité et la protection rapprochée, il intervenait dans des évènements de première importance, des réunions d'hommes d'état, des galas, des festivals, il assurait également la protection de stars mondialement connues. Son travail consistait à résoudre tous les problèmes de ses clients. Le nom de sa société XÉPHAS apparaissait rarement, mais c'était là tout le secret de son pouvoir, la discrétion.

Il s'approcha doucement d'elle, la fixant de son regard gris insondable et posa ses mains sur ses bras, les caressant légèrement.

- Il y a un problème ? C'est ton... travail ? Ton déplacement s'est mal passé ? L'interrogea-t-elle anxieusement.

Il eut un petit rictus qui ne laissait rien présager de bon.

- Non ! C'était juste une affaire à régler, un... fâcheux contretemps, mais tout va bien maintenant.

Pourtant il n'en n'avait pas l'air, pensa Marie, le cœur battant.

- Viens ! Tu devrais t'asseoir, dit-il en l'entraînant vers un canapé posé dans un coin, elle avait créé cet espace qui était réservé à la détente et à la lecture.

Marie l'air étonné se laissa faire, il s'installa à ses côtés, prenant ses mains dans les siennes.

- Je ne pouvais pas attendre que tu rentres pour te l'annoncer, j'avais peur que tu l'apprennes brusquement.

Le cœur de Marie s'emballa, elle prit une grande respiration pour chasser son angoisse. Qu'est-ce qui pouvait bien y avoir de si grave ?

Ethan secoua doucement la tête, une mèche blonde glissa sur son front, elle eut envie de la remettre en place, mais devant son air maussade, elle interrompit son geste.

- Je suis désolé Marie, mais il n'y a pas cinquante façons de te le dire... Pierre vient de mourir.

Pierre ! Son grand-père ! L'homme qui avait élevé Marie après le décès de ses parents, c'était impossible ! Elle l'avait eu au téléphone dernièrement, il allait parfaitement bien. Son papy était même venu passer une semaine chez eux il y a moins d'un mois, il avait l'air en pleine forme. Elle avait dû mal comprendre, c'était illogique, impensable. Marie était sous le choc, cela devait être une erreur, mais Ethan semblait si sérieux tout à coup.

Marie n'arrivait plus à penser, c'est fou ! Son monde venait de basculer en une fraction de secondes. Un sanglot obstrua sa gorge, des larmes coulèrent sur ses joues.

Ethan doucement lui retira ses lunettes qu'il posa sur la table basse, même dans un moment aussi tragique, il arrivait à conserver son calme. Marie n'arrivait plus à respirer, Ethan mit délicatement sa main sur sa joue, et tendrement se pencha pour l'embrasser. Il repoussa une longue mèche blonde, gris cendré, derrière son épaule.

- Ça va aller ma puce, tout ira bien, je suis à tes côtés.

Une colère froide s'empara d'elle, comment pouvait-il dire que tout irait bien ? L'homme qu'elle aimait tant, qui l'avait élevée, venait de mourir. Non ! Plus rien, n'irait bien.

Pour se ressaisir elle regarda autour d'elle, espérant trouver dans les livres qu'elle aimait tant, la force qui lui faisait défaut. Mistral son chat noir avait dû percevoir son trouble, car il apparut comme par magie et sauta sur ses genoux.

Ethan, se releva brusquement.

- Sale bête ! Il va encore me mettre des poils de partout, c'est mon nouveau costume Armani.

Marie n'en revenait pas de sa réaction. Elle serra contre son cœur Mistral, et furieuse  se releva. Du haut de son mètre soixante-quatre, elle le toisa avec colère.

- Je viens de perdre l'homme qui était ma seule famille, et toi ton unique préoccupation c'est ton costume ?

- Mais non ! Je voulais juste te dire que… enfin Marie, bon ! D'accord excuse-moi, c'était peut-être maladroit. Tu le sais, je peux me montrer parfois un peu froid, mais je sais combien tu l'aimais.

Oui, Ethan était pragmatique, il affirmait toujours que chaque problème avait sa solution. Marie elle,  avait juste le cœur brisé, et rien ne pourrait la consoler. Elle retomba lourdement sur le canapé, avec Mistral collé contre son cœur. C'était Pierre son grand-père qui lui avait offert ce chat, pour ne pas qu'elle oublie sa Provence, son village natal. Comment aurait-elle pu effacer de sa mémoire son petit coin de paradis ? Là-bas, niché entre deux collines, se trouvait la propriété de son grand-père. Il lui avait appris l'amour de la nature, la bienveillance. Cet homme si bon, aimait partager son savoir,  et grâce à lui elle avait découvert la magie des livres. Pierre était tout pour elle.

Marie renifla doucement, elle devait savoir ce qui lui était arrivé, elle n'arrivait toujours pas à y croire, c'était juste un …cauchemar. Elle leva vers lui ses yeux d'un beau marron foncé, ils étaient empreints d'une tristesse infinie quand elle les posa sur Ethan. Ses larmes brouillèrent sa vision. Papy lui répétait souvent «  qu'avec de si jolis yeux qui ressemblaient à de belles billes noires, elle ne devrait jamais laisser les larmes les ternir. Que la vie avait tant à offrir, qu'il fallait toujours aller de l'avant » Il détestait la voir triste, il avait toujours été son roc, l'homme qui apaisait tous ses chagrins.

- Mais je ne comprends pas, il allait bien, insista-t-elle incrédule. Il me l'aurait dit s'il était malade, c'est son cœur ? Demanda-t-elle tristement.

Ethan prit place de nouveau à ses côtés.

- Non ! C'est pour ça que je suis venu, les radios vont en parler. Tu sais ton grand-père était un animateur célèbre. Cela va faire la une des journaux.

Marie le regarda d'un air hébété. Pourquoi les journaux s'intéresseraient-ils à papy ? Il avait pris sa retraite depuis bien longtemps. Elle regarda avec attention Ethan, il avait un comportement étrange, cela ne lui ressemblait pas, et cette manie de l'appeler grand-père la hérissait, tout le monde le connaissait, c'était Pierre ! Tout simplement, un homme avenant.

- Pierre ! C'était Pierre ! Tu pourrais au moins faire un effort. Tu as toujours mis une distance entre vous. Pourquoi ? Serait- ce parce qu'il était simple, qu'il ne ressemblait en rien à tes méga-stars, tes hommes politiques policés à souhait.

- Marie calme toi je t'en prie, ce n'est pas le moment de faire une crise de nerfs. Ce que je m'apprête à te dire n'est pas facile.

- Qu'est-ce qui peut être pire ? S'écria Marie au comble de la rage et du désespoir.

- Il s'est suicidé !

- Quoi !

Un long silence régna. Marie était sous le choc, son cerveau semblait incapable d'assimiler ces mots.

- Papy suicidé ! Tu délires, tu es fou ! C'est impossible.

- Écoute ma puce, je sais que cela peut te paraître inconcevable, irréel, mais les faits sont-là. On l'a retrouvé ce matin au bord de la rivière, il s'est tiré une balle dans la tête.

Marie entendit un bourdonnement dans ses oreilles, sa vue se troubla et ce fut le trou noir.

Une main tendre lui caressant ses longs cheveux, des mots doucement prononcés à son oreille, la ramenèrent dans le monde réel, et un poids énorme écrasa son cœur. Non ! Ce n'était pas un cauchemar, elle devait accepter cette réalité, aussi triste soit-elle. Marie se redressa péniblement sur un coude. Ethan l'air inquiet l'observait avec attention.

- Tu m'as fait peur, comment te sens-tu ?

- Comme quelqu'un qui vient de voir son monde s'écrouler. Ce matin ? Répéta-t-elle tristement, mais pourquoi on ne me l'a pas dit avant ? Je suis sa seule famille. Oh mon Dieu ! Je dois appeler Jeannine, la pauvre, elle doit être dans tous ses états. Un suicide ! Je n'y crois pas un instant, c'est impossible, elle va me dire elle, ce qui a pu se passer. Je veux l'entendre de sa bouche.

- Tu parles de qui ? De cette vieille folle qui s'occupait de ton père ?

- Elle n'est pas folle, et arrête de la critiquer, elle a pris soin toute sa vie de la maison de papy, c'est plus qu'une gouvernante, c'est une amie précieuse, et une confidente pour moi. Et puis, cette histoire est stupide, papy ne possédait aucune arme.

Marie se releva brusquement, un vertige la saisit, Ethan se précipita pour la soutenir.

- Tu devrais te reposer, je m'occupe de tout, ne t'inquiète pas.

Elle lui sourit gentiment, oui c'était rassurant de le savoir à ses côtés. La gestion de crises faisait partie du travail d'Ethan, il pouvait parer à tous les imprévus, rien ne le déstabilisait. Marie trouvait parfois son attitude étrange, mais c'est aussi ce qui l'avait fascinée.

Elle l'avait rencontré dans un salon du livre, Marie venait de publier un conte pour enfants, et toute fière de son œuvre, elle avait participé à ce grand évènement. Une amie de papy avait une maison d'édition et lui avait offert la possibilité de présenter son petit recueil. L'épouse du premier ministre s'était attardée devant son stand, et lui avait fait l'honneur d'en acheter un exemplaire, Ethan se tenait à ses côtés, il l'avait accompagnée car il connaissait bien son mari, les deux hommes partageaient une forte amitié. Son air austère l'avait intimidée, mais quelque chose en lui, avait retenu son attention. Il avait tellement de charisme. Il avait dû percevoir son trouble, car il était revenu un peu plus tard, pour l'inviter à diner. Comment aurait-elle pu refuser une telle opportunité ? On ne rencontrait pas tous les jours un homme de cet acabit. Ethan était grand, musclé, une mâchoire carrée, un regard déterminé, d'un gris très pâle.  Il était auréolait de mystère. C'était fascinant de savoir qu'il côtoyait des gens célèbres, des puissants de ce monde.

Marie soupira, tristement. Elle était alors si heureuse, c'est fou ! Comme tout peut basculer si vite.

- Non ! Dit-elle en se saisissant de son téléphone, je dois lui parler. Je ne comprends rien à ce que tu me racontes. Un suicide ! Et puis quoi encore, c'est impossible tu as dû mal comprendre, il a peut-être eu un malaise, c'est la seule explication plausible.

- Il a craqué c'est tout. Cela peut arriver à tout le monde.

Elle le regarda d'un air effaré.

- Pas papy, c'est inimaginable, il ne... il ne m'aurait jamais fait ça.

Ethan secoua la tête, les mâchoires serrées.

- Il vivait seul, il était âgé, ton départ de la maison lui avait fichu un sacré coup. Dans un moment de déprime il aura mis fin à ses jours.

- N'importe quoi ! Cela fait presque deux ans que je vis avec toi, il s'était habitué à mon absence. Marie repensa à son papy, non ce n'était pas logique, rien ne l'était dans cette histoire. Il était contrarié certes, car il trouvait qu'elle allait trop vite, qu'elle ne prenait pas le temps de connaître vraiment Ethan, qu'il y avait un trop grand écart entre eux, qu'il ne lui correspondait pas, mais de là à se suicider, non !

Marie s'empara de son téléphone, le cœur serré. Les larmes se mirent de nouveau à couler. Papy était un homme de la nature, il avait animé une émission sur le jardinage, l'écologie qui l'avait rendu très populaire.

Au bout de quelques sonneries, une voix fatiguée se fit entendre.

- Oh ! Marie, ils ne voulaient pas que je te téléphone pour te prévenir.

- Qui ne voulaient pas ? S'insurgea Marie.

- Ton Ethan a envoyé deux mastodontes ici dès l'annonce du décès de Pierre, j'ai voulu te prévenir moi-même, mais ces deux brutes refusaient que je t'appelle.

Marie était stupéfaite. Ethan n'avait pas perdu de temps, et pourquoi une telle attitude ? Elle reporta son attention sur lui, il la fixait avec gravité, quand elle entendit hurler Jeannine.

- Si vous mettez un pied dans ce bureau je vous arrache la tête, vous n'êtes pas chez vous ici. Oh ! Marie, reprit-elle d'une voix désespérée, dit à ton Ethan de faire partir ces gorilles.

Marie redressa les épaules en tendant son téléphone à Ethan.

- Qu'est-ce que c'est que ce cirque ? Pourquoi avoir envoyé tes hommes chez papy ? Fais les partir immédiatement.

- Je ... voulais t'éviter de faire toi-même le nettoyage des affaires de ton grand-père, c'était juste pour t'aider.

Marie était effarée, elle venait à peine d'apprendre son décès et lui, voulait l'effacer totalement de ce monde, il n'était même pas encore enterré !

- De suite Ethan ! Je ne plaisante pas. Ordonne-leur de partir. Ses yeux prirent une teinte encore plus sombre, ils brillèrent de mille feux, la colère faisait rage en elle.

Ethan observa Marie, son air déterminé dut le convaincre, car il prit son propre téléphone appela un homme et donna un ordre bref.

- Jeannine, c'est bon ils partent ?

- Oui, oui, attends je regarde qu'ils montent bien en voiture, ils ne m'inspirent pas confiance, ils ont une tête de tueur et du sang de serpent dans les veines. Ils sont comme ton Ethan, je ne sais pas ce que tu peux lui trouver d'ailleurs, il est aussi glaçant qu'un mistral en plein hiver.

Marie ne put s'empêcher de sourire, Jeannine avait son franc-parler, comme papy. Elle se mordilla les lèvres, n'arrivant toujours pas à croire à la réalité des faits.

- Jeannine, je dois te le demander… est-ce vrai cette… histoire de suicide ? Papy était malade ?  Tu me l'aurais dit s'il avait des soucis, s'il déprimait ?

- Pff ! Je n'y crois pas une minute,  Pierre ne t'aurait jamais abandonnée, il t'aimait tant.

Le cœur de Marie fit une embardée.

- Tu savais que papy avait une arme ?

- Mais il n'en n'avait pas, c'est ce que je me tue à leur répéter.

Marie relâcha l'air qu'elle avait bloqué dans ses poumons, ses mains tremblaient. Au fond de son cœur  elle le savait, papy n'avait pas pu se suicider. Elle s'éloigna légèrement d'Ethan. Se dirigeant vers une étagère, elle passa son doigt sur la couverture d'un livre, ce contact avait quelque chose d'apaisant, de rassurant. Mistral sauta sur le meuble quémandant une caresse réconfortante.

- Mais alors ? Reprit-elle d'une voix émue, tout en gratouillant la tête de ce petit coquin qui se mit à ronronner.

- Je… quand arrives-tu ?

Marie fut surprise par son interruption.

- Euh ! Je prends le premier vol pour Marseille, et de là je louerai une voiture.

- J'ai tout organisé, affirma derrière elle Ethan. Nous partirons demain matin à la première heure, le temps de prendre mes dispositions pour le travail.

Marie se crispa, son côté prévenant l'irritait parfois, et là plus que jamais.

- Je dois te parler, reprit en chuchotant Jeannine. Ce n'est pas normal, je n'y crois pas un instant, mais surtout ne dis rien à ton gorille, tu me le promets ? Sois prudente Marie, garde tout ça pour toi, ne parle à personne.

Marie hocha la tête avant de réaliser que Jeannine ne pouvait la voir.

- Bien sûr, puis constatant qu'Ethan l'étudiait avec attention, elle se ressaisit. Moi aussi j'ai hâte de te revoir, même si… enfin tu me comprends, revenir à la bastide et ne pas y trouver papy je… je n'arrive toujours pas à réaliser. Elle sanglota de nouveau à chaudes larmes.

Ethan mit son bras autour de ses épaules pour la réconforter.

Il prit la direction des opérations et le moins qu'on puisse dire c'est qu'il était efficace. Il fit en sorte de tenir à distance les journalistes, les curieux. Il éteignait la radio et la télé dès qu'elle pénétrait dans une pièce.

Marie ne put dormir de la nuit, elle resta lovée sur le canapé de leur loft et pleura toutes les larmes de son corps, Mistral vint se coucher sur ses genoux, comme pour apaiser son chagrin. Son esprit ne trouvait pas le repos, il y avait tant de questions sans réponses. Elle devait accepter la mort de papy et cette sordide histoire de suicide ! Cela faisait beaucoup, et surtout cela ne cadrait pas avec la personnalité de son papy.

- Tu devrais prendre un calmant, cela te permettrait de te reposer, d'avoir un peu de recul, de te ressaisir.

Marie en reniflant releva la tête.

- Mais c'est normal de pleurer, d'être triste c'est humain Ethan, humain ! Je n'ai pas envie d'être dans les vapes, d'accompagner papy pour sa dernière demeure dans un état second. Cet homme mérite de me voir droite à ses côtés, et mes larmes expriment tout mon amour. Alors je suis désolée si cela te dérange de me voir ainsi.

- Je voulais juste t'épargner un chagrin inutile, tu prends les choses trop à cœur, insista Ethan en mettant les mains devant lui comme pour s'excuser.

Mistral vint alors se frotter contre ses jambes. Il pesta une fois de plus.

- Tu avais besoin de ramener ce sale chat ici ? Je croyais qu'il devait vivre à la librairie.

- Je ne vais quand même pas l'abandonner là-bas. Je ne sais pas combien de temps je vais résider à la bastide, Mistral reste avec moi, un point c'est tout, il va nous accompagner en Provence. Si cela te gêne, tu n'as qu'à prendre un autre vol.

- Comment ça ? De quoi parles-tu Marie ? Nous avons des obligations, la vie continue. Nous ne pourrons pas rester longtemps là-bas, et arrête de faire ton enfant. Une fois de plus, tu laisses tes sentiments te guider, tu dois te montrer raisonnable et adulte. Quand à ce chat, fais en sorte qu'il ne se trouve pas sur mon chemin.

Ethan, serra les mâchoires à s'en faire mal, en fusillant du regard ce pauvre Mistral.

Marie prit une grande respiration, parfois il pouvait être si irritant. Elle avait de plus en plus de mal à le supporter, la passion s'était émoussée au fil du temps, ou alors elle avait mûri. Elle prenait de plus en plus conscience qu'ils n'aspiraient pas aux mêmes choses. Is s'éloignaient doucement l'un de l'autre. Chaque fois qu'elle abordait le problème, il le repoussait. Pour lui c'était juste une phase normale de la vie d'un couple, quand la routine s'installe. Marie elle, savait qu'il s'agissait d'un mal plus profond, elle soupira longuement. Ce n'était pas le moment de s'appesantir sur sa relation, une question plus importante la taraudait, qu'était-il arrivé à son papy ?

# CHAPITRE 2

C'est dans un état second que Marie fit le voyage à bord d'un jet affrété spécialement pour eux, tout lui semblait si irréel. Un véhicule tout terrain les attendait à leur descente d'avion. Elle ne prêtait même plus attention aux remarques désagréables d'Ethan qui ne supportait pas la présence de Mistral. Elle regarda ses mains posées sur le volant, se contentant de hocher distraitement la tête de temps en temps, cependant un mot la fit bondir.

- Quoi ? Mais pourquoi veux-tu que je vende la Bastide ? C'est la maison de papy, le lieu où j'ai grandi.

- Tu vis à Paris avec moi ma puce,  et je n'ai pas le temps de venir dans ce trou perdu, on ne capte même pas internet, c'est le bout, du bout du monde.

- Et alors, je l'aime moi ce trou perdu, on se reconnecte avec la nature et tout ce qui  est essentiel.

Ethan tourna brièvement la tête vers elle.

- Tu veux rire ! Tu veux faire quoi ? Des retraites spirituelles ? Tu es déjà bien trop souvent dans la lune avec tous tes bouquins.

- Ce ne sont pas des bouquins comme tu dis mais des portes ouvertes sur des univers imaginaires ou réels, ils offrent un monde d'évasion. Un livre c'est...magique.

- Écoute ma puce, il est temps de grandir, dit-il d'une voix douce, comme un parent qui voudrait convaincre un enfant récalcitrant. La mort de ton grand-père va te permettre de tourner la page de ton enfance, d'avancer, de devenir adulte.

Marie vexée, croisa les bras sur sa poitrine.

- Ah ! Je ne savais pas que je te paraissais si puérile, si dénuée d'intérêt.

- Ce n'est pas ce que je dis, reprit-il en soupirant d'exaspération. C'est juste qu'il y a déjà cette différence d'âge entre nous et…

- Oh ! Et depuis quand c'est un problème ? Tu as quarante-deux ans, j'en ai vingt-cinq, mais ça tu le savais dès notre rencontre. Que se passe-t-il Ethan ? Je te fais honte ? Je fais tache dans ton monde de parvenus ?

- Tu conclus n'importe quoi ! Je veux juste dire, que ma position nécessite plus de présence à mes côtés, tu dois être mon reflet. Ton image est donc capitale, et toi, tu t'habilles toujours comme une étudiante, avec des jeans, et des tee-shirts, tu ne t'apprêtes pas convenablement.

- Eh bien dis donc, c'est ma fête ou quoi ? Si mon allure te dérange autant, je ne te retiens pas, précisa-t-elle furieuse tout à coup.

Il freina brusquement, la faisant bondir en avant.

- Je t'aime tout simplement, et tu le sais. Ce n'était pas une critique, je voulais juste te faire comprendre que… prendre un peu soin de toi serait un plus.

- Un plus ! Qu'est-ce que je m'en fiche ! Et entre nous Ethan, tu crois que c'est le moment de critiquer mon apparence ?

Il soupira longuement.

- Je suis désolé, tu as raison c'est malvenu de ma part.

Marie se renfonça dans son siège, le maudissant. Depuis la mort de papy une tension croissante existait entre eux. Elle secoua la tête, c'était peut-être normal, après tout, il était la personne la plus proche avec Jeannine, et elle savait qu'il n'appréciait pas papy. Elle avait sûrement besoin de se défouler sur lui, de passer ses nerfs, pour bloquer son chagrin, il lui servait d'exutoire.

Elle pouffa de rire, dans le fond elle avait peut-être besoin de son fameux calmant. Elle reporta son attention sur le paysage et les larmes coulèrent de nouveau. La garrigue, les oliviers, le chant entêtant des cigales, tout ça lui rappelait cruellement papy. La Bastide apparut alors devant elle, émergeant au milieu des vignes. Une femme, se tenait sous le porche.

Dès que la voiture s'arrêta, Marie en jaillit et se précipita en pleurant dans les bras de Jeannine. Cette pétillante sexagénaire était l'employée, mais aussi la fidèle amie de papy. Dans ce décor champêtre, elle détonnait, Jeannine était le raffinement incarné, elle paraissait bien plus jeune que son âge. Des yeux verts pétillants d'intelligence, une coupe au carré très soignée, des cheveux châtains et des tenues très stylées, oui c'était bien sa Jeannine, celle qui la consolait quand elle était enfant, et le temps ne semblait pas avoir de prise sur elle.

- Eh bien ! Ma p'tite, tu n'es pas bien grosse, et ce teint pâlot ne te va pas. Je te l'ai dit que l'air de la grande ville n'était pas bon pour la santé. En plus avec cet immense chagrin, tes jolis yeux marron sont cernés de noir. Tu sais ce qu'aurait dit papy ?

Marie renifla doucement et essuya ses larmes.

- Oui qu'avec de si jolies billes noires à la place des yeux, on ne devrait jamais pleurer, que ce serait un beau gâchis. Oh ! Je n'arrive toujours pas à y croire. La Bastide sans lui... c'est terrible, cela m'arrache le cœur. Je le revois ici me faisant signe dès que j'arrivais, avec son doux sourire. Il me manque tant, mais que s'est-il passé ?

- La peur de vieillir, la solitude, que sais-je ? Reprit d'une voix déterminée Ethan, en s'approchant des deux femmes. Au fait, nous ne pourrons pas rester plus longtemps que prévu. Je dois retourner sur Paris juste après l'enterrement. En plus, c'est parfait ce sera bref, il va être incinéré, conclut-il en pénétrant dans la maison, après avoir salué d'un bref hochement de tête Jeannine.

Marie sentit un froid glacial s'emparer de tout son être, il pouvait se montrer si inhumain parfois.

- Pff ! Mais qu'est-ce que tu lui trouves ? Pierre ne l'appréciait pas, il disait qu'il avait le cœur sec. D'ailleurs je n'ai jamais aimé les blonds, on ne peut pas leur faire confiance, précisa Jeannine de son regard vert acéré.

Marie esquissa un petit sourire tremblant.

- Papy aurait dit la même chose de tout homme s'approchant trop près de moi. C'est normal, il m'aimait et voulait me protéger, affirma Marie en souriant tendrement. En ce qui concerne les blonds, tu ne les portes pas dans ton cœur, car ton ex-mari l'était.

- Ce n'est pas faux ! Et il ne m'a apporté rien de bon. Quand je regarde ton Ethan, il me fait penser à un serpent ! Ce gars, est de l'espèce des cobras à mon avis, insista son amie.

Marie pouffa de rire.

Elle suivit dans la maison Jeannine avec le cœur serré, tous les souvenirs affluaient comme un torrent déchaîné. C'était si douloureux, qu'une envie de faire demi-tour s'empara d'elle. Elle vit sa veste accrochée à une patère, et Marie ne put se retenir d'y enfouir son visage, y retrouvant le parfum familier de son papy, elle sanglota à s'en faire mal. Ethan avait peut-être raison, se séparer de cette demeure, lui permettrait de surmonter son chagrin, mais... Au même moment un aboiement se fit entendre et Mistral dans sa cage feula. C'était Fanfan l'épagneul de papy. En pleurant Marie tomba à genoux.

- Oh ! Mon tout beau, à toi aussi il doit terriblement manquer. C'est impossible, qu'il ait pu mettre fin à ses jours, il t'aimait tant, il ne nous aurait jamais fait ça, dit-elle en se tournant vers son amie, quêtant son approbation.

Jeannine hocha la tête avec détermination, en pinçant les lèvres.

- Au fait, tu voulais me parler ? Demanda Marie en se redressant tristement.

Jeannine regarda les escaliers menant à l'étage, qu'Ethan venait d'emprunter. Puis, elle se pencha pour ouvrir la boîte de transport de Mistral, qui sortit en faisant le gros dos, devant ce pauvre Fanfan qui se tassa sur lui-même.

Marie ne put s'empêcher de pouffer de rire.

- Décidément certaines choses ne changent pas, c'est toujours ce coquin de Mistral qui règne en maître, rien ne peut lui faire peur, il a une haute opinion de lui. Alors Jeannine que voulais-tu me dire ?

- Tout à l'heure, seule à seule. Monte dans ta chambre, je vous servirai le repas dans une heure et ensuite nous irons faire un tour toutes les deux, avec Fanfan, comme au bon vieux temps et sans ton... gorille parisien.

Marie s'esclaffa avant de se pencher vers sa vieille amie, pour déposer tendrement un baiser sur sa joue.

- Je te trouve bien mystérieuse, mais moi aussi je veux te parler, alors d'accord, nous jouerons les conspiratrices.

En entrant dans la chambre, elle trouva Ethan son téléphone à la main, en train de pester contre ce « trou perdu ».

- Quelle idée de vivre loin du monde, je n'arrive même pas à passer un appel. J'ai hâte de retourner à la civilisation.

Marie ne put s'empêcher d'être furieuse, il ne faisait aucun effort. C'était surprenant, mais depuis l'annonce du décès de papy, il montrait des signes d'exaspération, de nervosité. Il n'était pas dans son état normal, et ce n'était sûrement pas dû au chagrin, les deux hommes ne s'appréciaient pas. On aurait dit qu'il était pressé de se débarrasser de toutes les obligations liées au décès de papy.

Au cours du repas son humeur ne s'améliora pas.

- Je croyais vous avoir dit que je détestais les carottes et vous me faites un bœuf bourguignon, vous le faites exprès ou quoi ? S'écria-t-il furieux en se tournant vers Jeannine.

Celle-ci eut un petit sourire en coin.

- C'est probablement à cause de mon âge, vous savez on oublie beaucoup de choses. Je suis désolée, vous n'avez qu'à trier, précisa-t-elle en faisant un clin d'œil discret à Marie.

Oh ! Son amie avait bien toute sa tête, c'était juste sa façon d'exprimer son mécontentement face à Ethan. Après le repas, ce dernier décréta qu'il devait se rendre au village pour se reconnecter à la civilisation, il devait joindre son assistant au plus vite.

- À la bonne heure, bon vent ! s'écria joyeusement Jeannine, en mettant son bras sous celui de Marie tout en regardant la voiture s'éloigner. Viens je dois te parler. Elle siffla Fanfan qui rappliqua avec ce brave Mistral qui le suivait, ces deux-là formaient une jolie paire.

Marie se sentant fatiguée, Les deux femmes renoncèrent à leur petit tour et s'installèrent finalement dans la bibliothèque de papy, l'endroit favori de Marie. Elles prirent place sur le vieux canapé en velours gris.

- Alors ? Demanda timidement Marie le cœur battant.

- Pff ! Il ne s'est pas suicidé, c'est impossible.

- Mais il est mort d'une balle dans la tête. Si ce n'est pas un suicide, alors cela veut dire que… Non c'est impensable. Qui aurait pu vouloir faire du mal à papy ? C'était la gentillesse incarnée.

- Depuis quelques temps Pierre avait changé, il était devenu mystérieux, il restait de longues heures enfermé dans son bureau, et certains jours il ne voulait pas que je vienne à la Bastide. Vous avez droit à un RTT qu'il me disait en souriant. Je sais qu'il recevait un visiteur, je retrouvais deux verres dans l'évier, ou deux tasses. À chaque fois que je l'interrogeais, il évitait de répondre, tu sais comme il aimait plaisanter, il détournait toujours la discussion, oh ! C'était un malin ton papy.

- Oui ! Ça c'est bien vrai, reconnut avec tendresse Marie.

- Qu'est-ce qu'il voulait te cacher d'après toi ? Insista-t-elle.

Jeannine haussa les épaules.

- Oh ! Ne me prends pas pour une idiote, je te connais, tu es curieuse comme une pie, tu as bien dû fouiner un peu ?

Cette dernière prit un air coupable.

- C'est juste  parce que je m'inquiétais, mais ton grand-père était devenu secret, méfiant. Tu sais depuis son accident il...

- Quel accident ? L'interrompit brusquement Marie.

- Quelqu'un lui a coupé brusquement la route alors qu'il revenait en vélo, il a chuté lourdement et s'est luxé l'épaule droite. Voilà aussi pourquoi je n'y crois pas à ce suicide. Pierre avait du mal à utiliser sa main, il devait justement faire des séances de kinésithérapie, comment aurait-il pu manier une arme ? D'ailleurs il n'en possédait aucune, mais ça ils s'en fichent.

- Tu en as parlé à la police ?

- Bien sûr ! Dès qu'on a retrouvé son corps hier matin. Ils m'ont dit qu'ils mèneraient l'enquête, que je devais retourner à mes affaires. L'officier m'a affirmé qu'un homme déterminé pouvait trouver la force d'actionner une arme. Je te jure ! Avec ceux-là l'enquête n'aboutira pas. Ils ne verraient pas un éléphant au milieu des vignes. Je suis persuadée qu'une personne l'a tué.

Marie se redressa brusquement, un meurtre ! C'est impossible ! Ethan avait peut-être raison, elle devait prendre du recul, le chagrin l'empêchait de réfléchir.

- Il y a toujours son vélo dans le garage ?

- Oui mais pourquoi ?

- Je vais me rendre au village, à la gendarmerie pour être précise, je veux comprendre cette affaire.

- Mais ils ne te diront rien.

- Les silences sont parfois plus éloquents qu'un long discours. Pourquoi la police refuserait-elle de mener l'enquête s'il s'agit d'un meurtre ? Je veux le savoir.

Jeannine hocha la tête avec gravité.

- Ne leur parle pas de ce visiteur inconnu, ton père m'avait un jour demandé de garder cela pour moi quoi qu'il arrive. Marie... ne te fie à personne même pas à ton...gorille parisien.

- Jeannine, où... où se trouve son corps ? J'aimerais me recueillir près de lui.

- Oh ! Je suis désolée, mais il a été emmené par la police. Ils n'ont pas voulu m'en dire plus, ils ont juste précisé qu'ils nous le rendront pour les funérailles.

Marie l'observa un long moment en silence, avant de s'en aller. Mon Dieu, avec tout ça elle avait oublié qu'elle devait organiser l'enterrement, puis elle se rappela qu'Ethan avait assuré vouloir s'en charger. Tout en pédalant vers le village Marie ne cessait de réfléchir, son esprit s'emballait. Une angoisse étreignait son cœur, que se passait-il ? Quels secrets auraient pu provoquer la mort de papy ? Et si tout cela n'était que des divagations ? Elle secoua la tête. Jeannine avait toujours eu un esprit lucide, pratique, pourquoi inventerait-elle un scénario aussi rocambolesque ?

Elle freina devant la gendarmerie, appuya son vélo contre un mur, et pénétra dans ce lieu, le cœur battant. Allait-elle découvrir le fin mot de cette sordide affaire ? Elle fut accueillie avec beaucoup de prévenance, on la dirigea vers un bureau. Un officier se présenta, c'était lui qui avait constaté le décès de papy.

- Toutes mes condoléances mademoiselle Marie, je sais combien vous étiez proche de votre grand-père.

- Justement, je me pose beaucoup de questions. Je... je ne crois pas à cette histoire de suicide je...

- Mademoiselle, mademoiselle, répéta-t-il d'une voix compatissante, vous êtes sous le choc, je le sais, c'est toujours très difficile à accepter. La famille culpabilise de n'avoir rien vu. Justement votre fiancé vient de partir, il m'a dit que...

- Quoi ? Ethan est passé ? Mais pourquoi ?

- Il pensait que vous viendriez me voir, et il voulait que je vous rassure. Nous n'ébruiterons pas les circonstances de la mort de votre grand-père, par égard pour l'homme qu'il était.

- Je ne suis pas venue pour vous demander de garder secret les circonstances de sa mort, mais pour comprendre. Mon grand-père ne se serait jamais suicidé ! D'abord, il ne possédait aucune arme, comment expliquez-vous cela ?

- Votre grand-père l'avait achetée, il y a un peu moins de deux ans, vous voyez il ne vous disait pas tout. Certaines personnes acceptent mal le fait de vieillir. Il a fait une mauvaise chute dernièrement et il a dû prendre conscience de sa fragilité. Il vivait seul et dans un moment de désespoir, il...

- Arrêtez de suite ! Vous ne le connaissiez pas. D'ailleurs, il n'a même pas laissé une lettre, c'est ce que font les suicidés en général.

- Justement il était dépressif, il aura agi sous le coup d'une impulsion, cela confirme nos conclusions. Écoutez ! Vous devriez rentrer chez vous, pour vous reposer. C'est un moment tragique, des circonstances pénibles à accepter, c'est normal que vous soyez perturbée. Votre fiancé se chargera de toute l'organisation des obsèques. Il m'avait prévenu que vous réagiriez avec excès, et je comprends, s'empressa-t-il de préciser, en voyant l'air furibond de Marie.

Marie regarda l'homme d'un air ahuri, mais qu'est-ce qu'ils avaient tous ? Elle n'était pas une petite chose fragile, mais une femme en quête de vérité, elle le devait à papy. Elle prit une grande respiration, salua l'homme d'un hochement de tête, et dépitée, reprit son vélo.

Elle atteignait le cœur du village, quand une bonne odeur de pâtisserie fit gronder son estomac. Cette petite course à vélo avait réveillé son appétit, car depuis le décès de papy elle n'arrivait plus à manger. De plus ce magasin était tenu par une de ses amies, Nicole ou Ninie comme elle aimait l'appeler affectueusement.

Dès qu'elle poussa la porte de la pâtisserie, une jeune femme blonde se précipita dans ses bras en pleurant.

- Oh ! Marie je suis tellement désolée, quand je pense que je l'ai vu hier matin très tôt, sûrement juste avant de... avant... enfin tu me comprends. Si j'avais su, je l'aurais retenu, tu le sais n'est-ce pas ?

- Il est venu ici ? Mais pourquoi Ninie ?

- Il a pris deux sandwichs, comme il en avait l'habitude, quand il voulait aller pêcher, ou se promener près de la rivière. Il avait l'air pressé. Il était descendu à pied de la Bastide, il ne prenait plus son vélo depuis sa chute, mais en sortant d'ici, je l'ai entendu parler à quelqu'un, et je crois qu'il est monté dans une voiture.

- Mais qui ?

- Je suis désolée Marie, je ne savais pas que ce serait si important, mais qu'est-ce que cela change, c'est bien un suicide ?

L'esprit de Marie bouillonnait, qui était cette mystérieuse personne qui accompagnait son papy ? Serait-ce cet inconnu qui lui rendait visite de temps en temps ? Alors pourquoi ne se manifestait-il pas ? Avait-il un lien avec son décès ? Marie regarda de nouveau son amie Nicole, qui semblait tout à coup si inquiète.

- Non ! Ce n'est rien Ninie, tu sais je ne suis pas dans mon état normal, tout est si confus dans ma tête, et j'ai tant de peine.

- Oh ! Toutes mes condoléances Marie, dit-elle en la prenant tendrement dans ses bras. Si tu as besoin de quelque chose n'hésite pas. Tu le sais ici tout le monde adorait Pierre, c'était la bonté même.

Nicole offrit à Marie un pain au chocolat, qu'elle grignota distraitement en ressortant de son magasin, quand un picotement derrière sa nuque la mit en alerte. Elle regarda autour d'elle, avec l'impression désagréable d'être surveillée. Puis tout à coup, elle serra les mâchoires, Ethan n'aurait quand même pas osé la faire suivre ? Cela ne serait pas surprenant, il aimait tout contrôler, il devait craindre une crise d'hystérie de sa part. Furieuse elle jeta le pain au chocolat dans une poubelle, et enfourcha son vélo.

De retour à la Bastide, elle constata que la voiture d'Ethan se trouvait juste devant la porte d'entrée. Elle décida d'avoir une explication avec lui, elle commençait à en avoir assez qu'il dirige et prenne des décisions à sa place. Ce fut un éclat de voix qui la mena jusqu'au bureau de son papy.

- Mais que se passe-t-il ? Demanda-t-elle en voyant Jeannine les bras grands ouverts faire obstacle à Ethan.

- Cette folle furieuse veut m'en refuser l'accès.

- Mais que veux-tu faire dans le bureau de papy, c'était son lieu secret, son sanctuaire. Personne n'y pénétrait. Il n'aimait pas qu'on touche à ses affaires.

- Il est mort ! Mort ! Quand le comprendras-tu ? Nous n'allons pas rester longtemps ici, et j'ai besoin de certains documents pour les funérailles. Il y a des dispositions à prendre, c'est assez clair pour toi ?

Marie resta bouche-bée, jamais Ethan ne se serait permis de lui parler ainsi, mais ça c'était avant le décès de papy. Depuis elle le trouvait irascible, impatient. Il se passa les mains dans ses cheveux blonds. Il était grand et musclé, et son regard gris lui parut encore plus glacial, il la fixa intensément.

- Excuse-moi ma puce, je crois que toute cette histoire finit par me perturber. Ce n'était pas le moment pour m'absenter du travail, j'avais des rendez-vous importants. Je suis contrarié, alors que je devrais me préoccuper de ce que tu ressens.

Marie le regarda un long moment en silence. Jeannine se déplaça pour la laisser passer. Elle se dirigea vers le bureau de papy et ouvrit un tiroir.

- Je suppose que tu as besoin de sa carte d'identité et de son livret de famille ?

- Oui, merci ce serait un bon début. Je porte ça aux pompes funèbres et je reviens. Il s'approcha pour l'embrasser, mais Marie tourna légèrement la tête et ne lui offrit que sa joue.

- Pardonne-moi, je te promets que lorsque tout sera terminé, nous prendrons des vacances, nous en avons bien besoin tous les deux.

- Avec la pandémie actuelle, les voyages à l'étranger ne sont pas recommandés, et puis je n'ai pas envie de vacances Ethan, je suis en deuil, pas surmenée par mon travail. Ce n'est pas de la fatigue, mais de la peine que je ressens là, dans mon cœur, dit-elle en mettant sa main dessus. Sans oublier que je vais devoir m'occuper de Fanfan en plus de Mistral.

- Quoi ! Tu ne comptes quand-même pas ramener ce sac à puces chez nous ?

Devant son air déterminé, il n'insista pas.

Ethan hocha la tête avant de se saisir des documents. Jeannine l'accompagna jusqu'à la porte et le regarda partir.

- Mais qu'est-ce que tu lui trouves ? Alors ? Tu as appris quelque chose ? Ils envisagent d'enquêter sur une mort suspecte ?

- Non ! Tu as raison, ils ne me croient pas. Pour eux c'est un suicide, un point c'est tout ! Le dossier est classé ni plus ni moins.

- Pff ! Si vite ? Quelle bande de bons à rien ! Marie, reprit-elle d'une voix hésitante, tu me crois n'est-ce pas ?

Cette dernière se laissa tomber sur la chaise du bureau de son papy.

- Il y a des choses étranges, je suis allée à la pâtisserie de Nicole, elle m'a dit l'avoir vu hier matin très tôt, il a acheté deux sandwichs. Est-ce qu'un homme qui va se suicider ferait cela ? Elle affirme qu'il était pressé, mais elle ne l'a pas trouvé déprimé, elle me l'aurait dit. Elle pense aussi que quelqu'un l'attendait, il serait monté dans une voiture, mais Nicole ne sait pas de qui il s'agit. Tu crois que cela pourrait être son mystérieux visiteur ?

- Cela ne me semble pas logique, pourquoi ne pas le recevoir ici comme d'habitude ? Donc, il aurait eu un rendez-vous avec quelqu'un juste avant de se... enfin je n'arrive même pas à prononcer ce satané mot. Il ne m'en a pas parlé, mais je te l'ai dit, ton grand-père cachait bien des choses ces derniers temps. Cette pandémie rend tout le monde un peu fou !

- Justement toi qui es si curieuse, tu n'as rien remarqué, rien entendu ? Insista Marie en fixant son amie.

- Non ! Alors que d'habitude il me racontait tout, là j'en ai eu des RTT plus qu'en dix ans d'activité. Il voulait m'éloigner de la Bastide. À chaque fois il me disait, Jeannine prenez votre journée, cela vous fera du bien de profiter de la vie.

- Mais pourquoi ?

Jeannine haussa les épaules.

- Fais un effort, un mot... un nom ? Papy a bien dû laisser filtrer un indice.

- Non rien ... à moins que...

- À moins que quoi ? L'interrogea brusquement Marie, pressentant une piste.

- Une fois, je suis allée dans son bureau, je voulais lui parler, mais il n'était pas là, il avait été prendre sa tasse de café dans la cuisine, et là, j'ai vu un dossier violet posé bien en évidence avec un mot écrit en gros. Bien sûr ! Innocemment mes yeux se sont posés dessus

Marie pouffa de rire

- Innocemment !

- Oui, bon je l'avoue, je brûlais de curiosité. Si le bon Dieu m'a donné des yeux c'est bien pour m'en servir, non ? Alors arrête de te moquer de moi. Bref ! Quand Pierre est revenu, il était furieux, il s'en est emparé l'a pressé contre son torse et m'a demandé d'oublier toute cette histoire. Je ne l'avais jamais vu si en colère, lui un homme si plaisant d'habitude. Il a insisté sur le fait de garder le secret, ce n'était pas son genre, et il m'a fait promettre de ne jamais prononcer ce mot.

- Un mot, quel mot ?

- Oh ! Là, tu m'en demandes trop, c'était... un nom bizarre, Michu, ou... Michou peut-être.

- Un diminutif pour Michel ? Mais qui porte ce prénom ? Et pourquoi papy tenait un dossier sur cette personne ? Sa passion c'était l'environnement, la nature, il n'a jamais été journaliste d'investigation.

- Non ! Attends ! C'était... CHIMÙ, avec ce drôle d'accent sur le « ù », dit-elle en l'écrivant sur un bout de papier qu'elle venait de saisir sur le bureau.

- Qu'est-ce que ça veut dire ? Murmura Marie en regardant ce mot. Elle allait reposer le papier sur le bureau, quand sans savoir pourquoi, elle s'empara du briquet de son papy et brûla cet indice. Une fumée s'éleva dans le bureau, le petit bout de papier s'enflamma, se tortillant dans le cendrier, elle regarda les lettres se faire dévorer, disparaître sous ses yeux.

- Mais pourquoi fais-tu cela ? Interrogea perplexe Jeannine.

- Je sens que la prudence est de mise, tu l'as dit, papy avait des secrets, tant que nous ne saurons pas lesquels, nous devrons rester sur nos gardes. Je vais faire des recherches avec mon téléphone, c'est peut-être le nom d'une plante tout simplement. Oh ! Flûte, j'avais oublié qu'on ne capte rien, comment je vais faire ?

- Et comment on faisait dans le temps ? On n'était pas des ignares que je sache. Pierre a une magnifique bibliothèque, tu adorais t'y réfugier enfant, tu t'évadais comme tu disais. Je suis certaine que tu trouveras sûrement quelque chose pour nous mettre sur la bonne piste. Tu crois vraiment que ce mot est la clé du mystère ?

Marie haussa les épaules, et poussa un long soupir.

- C'est un bon début je crois, il faut bien démarrer quelque part, et puis ce nom est si étrange. Bon je vais à la bibliothèque, tu sauras où me trouver, dit-elle en s'éloignant le cœur plus léger. Enfin elle avait un indice précieux.

- Merci papy, je sens ta présence autour de moi dans cette maison. Je trouverai la vérité, je te le promets, murmura-t-elle doucement, en levant les yeux vers le plafond.

# CHAPITRE 3

En pénétrant dans sa pièce favorite, Marie ressentit une émotion profonde. Elle avait passé tant de beaux moments ici, entourée de tous ces livres. Quand elle se sentait si seule, quand l'absence de ses parents lui pesait trop, c'est là, qu'elle trouvait du réconfort. Elle n'osait pas alourdir le cœur de Pierre qui lui avait déjà tant offert, un foyer, son amour. Malgré son chagrin d'avoir perdu son fils unique et sa belle-fille, il avait fait son possible pour adoucir la vie de cette petite fille meurtrie.

Elle passa son doigt comme elle aimait le faire sur la couverture des livres, papy était un passionné comme elle. On y trouvait de tout, des essais, des biographies, on redécouvrait l'histoire, on apprenait la géographie, il y en avait tant, qu'elle était certaine d'y trouver son bonheur.

Elle se dirigea vers une encyclopédie. Qui en utilisait encore de nos jours ? D'un clic on trouvait toutes les infos sur internet, mais papy était de l'ancienne école. Il n'aimait pas les technologies modernes, il n'avait ni ordinateur, ni Smartphone, non juste un bon vieux téléphone fixe, pour lui permettre de la joindre ou d'appeler les secours en cas de besoin. Son cœur se serra, en pensant qu'il ne l'avait pas appelée à l'aide. Pourquoi ne lui avait-il rien dit ? S'il avait des ennuis elle aurait pu le soutenir, être présente. Ethan avait beaucoup de relations très importantes. Sa société faisait partie d'un véritable empire, un conglomérat, c'était un homme puissant.

Elle prit la lourde encyclopédie en souriant, elle comprenait pourquoi on ne s'en servait plus, c'était encombrant. Elle ferma les yeux, visualisant dans son esprit ce drôle de petit mot, CHIMÙ.

Marie ne vit pas le temps passer, elle dévora plusieurs livres, ce qu'elle découvrit la stupéfia. Jeannine passa plusieurs fois pour lui apporter des boissons, des friandises, mais plongée dans ses lectures, Marie les délaissa, elle ne prêta pas plus d'attention aux pitreries de Mistral et Fanfan qui trouvaient ces recherches bien ennuyeuses. En entendant la voix d'Ethan et de Jeannine dans le hall d'entrée, elle se précipita pour vite remettre à leur place tous les livres.

- Qu'est-ce que tu fais là ? Demanda Ethan en pénétrant dans la pièce.

Marie surprise, sursauta.

- Euh ! C'est juste que c'était ma pièce favorite, mon refuge, et j'adore retrouver tous mes romans préférés.

Ethan s'approcha, détaillant les étagères avec attention. Heureusement, cette chère Jeannine était une maniaque de la propreté et aucune trace de poussière ne pourrait donner un indice à Ethan sur les livres qu'elle venait d'étudier.

- Toi et tes bouquins ! Je n'ai jamais compris le plaisir que tu peux avoir à te plonger dans ces vieilleries.

- Ce que tu appelles vieilleries ce sont des romans, des livres d'histoire, et tu sais souvent le passé explique le présent. Ne dit-on pas que la vie est un éternel recommencement ?

Ethan l'observa longuement avant de hausser les épaules, puis son attention se focalisa sur une citation de Benjamin FRANKLIN, que papy avait encadrée.

« Un peuple prêt à sacrifier un peu de liberté pour un peu de sécurité ne mérite ni l'une ni l'autre, et finit par perdre les deux ».

Je n'ai jamais compris son intérêt pour cette citation.

- Pourtant, reprit Marie d'une voix douce, je la trouve très actuelle. Avec cette pandémie, la peur de mourir rend les gens dociles. Ils ne se rebellent pas, ils sont prêts à tout, en espérant échapper à la maladie, mais ont-ils raison ?

- Bien sûr qu'ils ont raison, quelle idée ! Toutes ces mesures restrictives sont prises dans leur intérêt, pour le bien de tous, et ce vaccin est là pour les sauver. Cette phrase est juste idiote. Bon allez ! Sors de là, tu finis par avoir des pensées bizarres.

Marie pivota afin d'effectuer une dernière vérification, pour être certaine d'avoir tout remis en place. Elle avait une excellente mémoire et n'avait pas besoin de noter pour s'en souvenir, et puis, ce qu'elle avait découvert était plus qu'édifiant. Elle venait de prendre conscience que le danger rôdait.

Marie n'eut pas le temps de parler à Jeannine pour l'informer du sens de ce petit mot, Ethan était toujours à proximité. De toute façon, une fois la nouvelle de son arrivée répandue dans le village, ce fut un défilé incessant, d'amis, de voisins, tous étaient sous le choc.

Les jours suivants furent éprouvants, Marie évoquait avec chacun un souvenir, une anecdote et à chaque fois un sanglot obstruait sa gorge. Elle avait tellement pleuré, qu'elle prit peur en se voyant dans son miroir. Derrière ses petites lunettes, son joli regard marron était terni, comme éteint, des gros cernes gris lui mangeaient le visage, sans compter qu'elle avait les yeux bouffis. Elle voyait bien l'air réprobateur d'Ethan posé sur elle. Il ne comprenait décidément rien. Pour lui le contrôle de l'image était primordial, on ne devait jamais montrer sa faiblesse, ou exprimer ses sentiments, et pour la première fois, ce qu'elle admirait tant chez lui, devenait insupportable. Sa froideur, sa maîtrise parfaite, le rendait inhumain.

Une terrible migraine lui martelait la tête, elle n'arrivait toujours pas à manger, et ne dormait pratiquement plus. Elle décida d'aller s'asseoir sur un banc que papy avait installé juste à côté de la maison. Cela demandait quelques efforts pour y parvenir, on devait grimper un sentier ardu dans la colline, mais le point de vue sur la région était spectaculaire, et surtout elle y serait seule. Tout le monde était si gentil, si compatissant avec elle. Personne n'osait l'interroger sur cette étrange mort. Oui ! Il y avait de la gêne. Le suicide mettait les gens mal à l'aise, un aveu d'échec, une constatation d'impuissance. Ils ne savaient pas quelle attitude adopter, et cela pesait encore plus sur le cœur de Marie. Un bruit la fit sursauter, c'était Ethan, toujours impeccable, tiré à quatre épingles, même pas une goutte de transpiration pour venir jusqu'ici, c'était si désespérant qu'elle soupira tristement.

- Qu'est-ce que tu fais ici ? Demanda-t-il d'un ton maussade.

Marie s'humecta les lèvres, avant de lui répondre.

- C'est si beau, si paisible, on se sent en harmonie avec la nature. C'était l'endroit favori de papy, et cela me fait du bien de m'isoler ici un moment. Je suis fatiguée de toutes ces marques de gentillesse. Je vois bien dans leurs regards qu'ils ne comprennent pas cette sordide mort, mais ils n'osent pas m'en parler, pour ne pas me peiner un peu plus, me culpabiliser.

Étrangement Ethan ne répliqua pas par une remarque acerbe comme à son habitude. Il prit place à ses côtés, et regarda un long moment ce paysage si serein.

- C'est vrai, c'est beau. Je ne comprenais pas son envie de vivre si éloigné de la ville, lui qui avait été une personnalité adulée, reconnue, mais quand je vois ça, j'avoue qu'il n'avait pas tort. Il aurait dû continuer à s'occuper de sa petite vie tranquille.

Marie releva brusquement la tête, qu'avait-il voulu dire ? Oh ! L'interroger ne servirait à rien, elle vit Ethan se ressaisir, il crispa les mâchoires, puis se redressa.

- Bon ! Viens maintenant, les gens s'inquiètent de ton absence, même cette dingue de Jeannine. Tu sais qu'elle a encore essayé de me rendre malade, en me présentant un toast au foie gras, elle le sait pourtant que je suis allergique. Je te le dis c'est une vraie folle à interner !

Ethan commença à redescendre et Marie eut un petit sourire en coin, décidément quand Jeannine n'aimait pas quelqu'un elle ne le cachait pas. Oui ! C'était un sacré personnage, comme papy. Elle avait un cœur immense et Marie l'aimait plus que tout.

Elle s'arrêta brusquement, une vérité venait d'éclater en elle, comme le bouquet final d'un feu d'artifice. C'était une évidence, car depuis cette mort atroce, son esprit luttait en permanence, entre le cœur et la raison, les sentiments et la logique. L'un lui disait que les preuves étaient là, et l'autre comme une petite flamme vacillante lui intimait l'ordre de ne pas céder à la facilité, que jamais papy ne l'aurait abandonnée ainsi, il l'aimait trop.

Marie se retourna vers le banc, elle s'y était assise si souvent avec papy. Il lui disait que ce petit coin de nature apportait la sérénité. Ces derniers jours elle était si perturbée qu'elle ne savait plus que croire, mais là, elle venait d'avoir l'intime conviction qu'on avait assassiné son papy. Il ne lui restait plus qu'à comprendre pourquoi. Elle repensa alors à ce qu'elle avait découvert dans la bibliothèque, car depuis quelques jours, le chagrin était si lourd, qu'il l'enveloppait comme un voile épais, opaque, occultant toute pensée, toute réflexion. Elle avait hâte d'en parler à Jeannine, elle devait découvrir les mystères de papy.

Ethan avait fait jouer ses relations pour que l'enterrement ait lieu rapidement. Il s'était assuré que les accès au village soient contrôlés, il ne voulait pas de journalistes, de curieux, il avait fait savoir que la cérémonie serait intime, mais malgré cette annonce, une foule immense était venue lui rendre un dernier hommage. Marie avait été soulagée qu'Ethan prenne tout en charge, il lui avait juste demandé de choisir le cercueil.

Pour une incinération le choix était limité, mais jamais elle n'aurait cru que la vision de ces « boîtes » la mettrait dans un tel état. C'était probablement dû au fait d'imaginer papy couché dedans, son cœur était en miettes, la réalité la rattrapait. Heureusement, comme le répétait à l'infini Ethan, la cérémonie serait brève, papy n'avait pas souhaité d'accompagnement religieux. Il affirmait toujours qu'un homme se faisait seul, qu'il n'avait pas besoin qu'on lui dicte sa conduite. Marie pensait surtout qu'il était un homme brisé par la vie, le décès de sa femme, puis de son fils et de sa belle-fille, avaient été des épreuves si douloureuses, qu'il avait rejeté en bloc toute idée de religion. Il croyait en l'humain il le disait capable du meilleur comme du pire, affirmant souvent que chacun était maître de son destin.

- Oh ! Papy comme tu me manques, mais comment je vais faire sans toi ? murmura-t-elle doucement, en posant sa main sur ce cercueil.

Papy n'aurait pas aimé cela, mais elle fit une petite prière, et une promesse, celle de résoudre son meurtre.

La cérémonie fut émouvante, intime, juste ce qu'il aurait aimé. Un hommage fut rendu à l'homme qu'il était, à l'animateur, qui toute sa vie avait enseigné, l'amour de la terre, le respect de l'humain, et la bienveillance. Sur un écran géant, défila tous les lieux préférés de papy, ses vignes, sa colline, son banc où il refaisait le monde, ce point de vue incroyable, et en plan final on aperçut la Bastide, dont l'image s'effaça tout doucement comme un dernier adieu à cet homme de la terre. Au même moment deux portes s'ouvrirent et le cercueil fut retiré, Marie émue ne put retenir ses larmes, elle se blottit dans les bras d'Ethan, elle le croyait si froid, et pourtant il avait pris le temps de filmer tout ce qu'il aimait, elle n'en revenait pas de tant de prévenance.

- Merci, d'avoir compris qui il était, dit-elle tendrement.

Il parut étonné de cette remarque, et la pressa un peu plus contre lui.

- C'est normal, je sais combien tu l'aimais. Bon ! Maintenant nous devons organiser notre retour sur Paris.

Elle se recula prestement.

- Comment ? Déjà si vite ? Mais c'est impossible voyons Ethan, la cérémonie se termine à peine, je dois récupérer l'urne dans quelques jours, et puis il faut que je prenne des dispositions pour l'entretien de la Bastide, préparer le départ de Fanfan avec nous. Je vais rester un peu, toi tu n'as qu'à rentrer.

- Quoi ? Tu veux rester ici, et tu insistes pour ramener ce vieux clébard ? Laisse-le ! Je suis certain que Jeannine pourra s'en occuper, et de quelles dispositions parles-tu ? Serais-tu devenue raisonnable, je peux charger quelqu'un pour s'occuper de la vente de la Bastide ?

- Non Ethan ! Pas question, cette maison c'est tout ce qui me reste de papy, je veux la garder.

Ils se défièrent du regard, ses yeux lançaient des éclairs, il comprit qu'elle ne changerait pas d'avis, et autour d'eux on commençait à chuchoter en les observant, il toussota pour se ressaisir.

- Tu n'es qu'une tête de mule, mais n'oublie pas que nous avons une grande soirée organisée au siège de ma société dans quelques jours, ta présence est requise.

- Ah ! Je l'avoue j'avais oublié, mais je suis en deuil Ethan, les gens comprendraient que...

- Présence obligatoire ! Insista-t-il froidement en plissant les yeux, et tu n'as pas intérêt à me faire défaut, c'est clair.

Elle se contenta de hocher la tête, il était parfois si autoritaire qu'il en devenait effrayant, elle le regarda s'éloigner vers leur véhicule, sans même prendre la peine de saluer une dernière fois leurs voisins et amis. Jeannine s'approcha doucement et l'enlaça tendrement.

- Comment vas-tu ma belle ? J'espère que le film t'a plu, je voulais lui rendre un dernier hommage, comme une ultime balade dans tous ces lieux qu'il aimait tant.

- C'était toi ? Je croyais que... murmura-t-elle en jetant un bref coup d'œil vers Ethan. Elle secoua la tête tristement, était-elle vraiment surprise ? Cet homme ne ressentait rien, la mort de papy ne le touchait pas. Pour lui c'était juste un contretemps dans son planning surchargé, et cela le dérangeait.

Marie reporta son attention sur son amie.

- Grand merci, je suis certaine que de là-haut papy l'a apprécié, il ne pouvait pas y en avoir de plus beau.

Jeannine éclata à son tour en sanglots.

- Il va beaucoup me manquer, son humour, sa gentillesse, son sourire. Tu sais, je l'aimais tellement ton grand-père.

- Bien sûr que je le sais, je n'en n'ai jamais douté, affirma Marie, en passant une main réconfortante dans le dos de sa vieille amie. Il me manque aussi terriblement, mais nous avons une mission à accomplir, murmura-t-elle plus doucement.

Jeannine s'essuya les yeux, et ouvrit grand la bouche d'étonnement.

- C'est vrai j'avais presque oublié avec cet enterrement. Qu'as-tu découvert dans la bibliothèque, alors dis-moi ?

Marie regarda autour d'elle.

- Pas ici, pas maintenant. Ethan va repartir sur Paris, mais je vais rester quelques jours, nous en parlerons à ce moment-là.

- Oh ! Je suis trop contente de te garder ici un peu plus longtemps, juste toi.

Marie pouffa de rire, décidément elle ne cachait pas son animosité envers Ethan.

# CHAPITRE 4

De retour à la Bastide, Marie ressentit une immense fatigue, c'était fini, tout était fini ! La tension des derniers jours, le stress eurent raison d'elle. Un froid glacial la fit frissonner, elle se sentait si vide, si triste. Un bruit lui fit tourner la tête, c'était Ethan qui s'agitait.

- Mais que fais-tu ?

- Je rentre maintenant sur Paris.

- Si vite ! Mais tu aurais pu au moins attendre demain.

- Le monde ne s'arrête pas de tourner parce que ton grand-père est décédé. J'ai des rendez-vous, des réunions importantes.

Il monta préparer ses bagages sous le regard éberlué de Marie. Il en redescendit au bout de quelques minutes, il déposa ses valises dans le hall, se dirigea vers elle pour l'embrasser, et fit juste un signe de la main vers Jeannine qui l'observait d'un air réprobateur. Il s'engouffra dans son véhicule, sans un mot.

- Zou ! Bon vent, précisa Jeannine avec un grand sourire, je ne sais pas toi, mais moi je me sens affamée, maintenant que ton pingouin est reparti. Je crois qu'à force de voir son air renfrogné, cela me coupait l'appétit.

- Ah ! Tu l'as rétrogradé dans la classification du règne animal, ce n'est plus un gorille parisien ? Pouffa Marie. Elle fut surprise de sa propre réaction, elle aurait dû être triste de le voir partir, mais en fait, elle ressentait du... soulagement oui ! C'était incroyable, mais son air faussement compassé, son agitation permanente, sa façon de lui faire comprendre qu'il perdait un temps précieux, avait fini par l'exaspérer.

- Tu parles d'un gorille ! Une vraie chochotte, il m'a fait un scandale pour des carottes, ou un peu de foie gras sur un toast. On fait mieux comme garde du corps ! Tu sais je n'ai rien contre les parisiens, même si je t'en veux un peu d'être partie là-bas, mais il a ce côté un peu hautain, distant. Monsieur se croit plus important que les autres, c'est peut-être dû à son travail de bodyguard.

- Ce n'est pas un garde du corps.

- Il fait quoi au juste ? Je n'ai jamais bien compris.

- Sa société est chargée de l'évènementiel de haut niveau, mais c'est plus complexe. Non seulement il assure la sécurité, mais il met en relation les bonnes personnes, il doit tout planifier. Il résout les situations de crises. Il satisfait la moindre demande de ses clients, même les plus extravagantes. Tu vois c'est plus qu'un travail de protection c'est...

- Un genre de nounou pour les gens riches et les politiciens, d'ailleurs j'ai toujours cru que pour ces derniers, leur fonction leur assurait une protection par des policiers.

- Oui, mais ils ne peuvent pas tout assumer dans le cadre de leur travail. Ethan m'a dit un jour qu'il réalisait l'impossible. Ils ont des bureaux dans le monde entier, ils sont capables de mettre en relation et d'organiser des réunions en un temps record. Il est là pour aplanir toutes les difficultés. Enfin c'est ce que j'ai compris.

- Hum ! Un Rambo chochotte, ça promet, et toi tu l'accompagnes dans le cadre de son travail ?

- Oh non ! Jamais ! Le secret est leur carte de visite. J'assiste juste de temps en temps à des évènements festifs comme la... dernière fois où papy était venu.

- Ah oui ! Je m'en souviens, cela remonte à trois semaines environ ?

Marie tout en se mordillant les lèvres, hocha tristement la tête.

- Il avait l'air si heureux de venir me voir à Paris, il... il aurait dû me dire qu'il avait des ennuis, j'aurais pu l'aider, si seulement il m'en avait parlé.

- Pierre ne t'aurait jamais mêlée à ses affaires, tu le sais il t'aimait tant. Il n'aurait pas voulu te voir soucieuse à cause de lui. Allez viens ! On va manger quelque chose.

- Non je n'ai pas faim, je suis juste fatiguée, et si... triste.

- Marie tu dois manger ! Je vais préparer de quoi grignoter, et nous improviserons un pique-nique dans la bibliothèque, tu m'expliqueras ce que tu as découvert.

- Et si nous attendions demain pour en parler ?

- Quoi ? Tu veux encore me faire languir, pas question ! Écoute-moi ma petite, le chagrin c'est comme un monstre hideux qui règne là, dit-elle en pointant son index vers la tête de Marie. Il veut te détruire, on ne doit pas se laisser dévorer par lui, il faut occuper ton esprit ou tes mains, c'est le meilleur des remèdes, pour surmonter une telle épreuve. C'est... ton grand-père qui m'avait enseigné ça après le décès de son fils, et prendre en charge une petite fille lui avait permis de remonter la pente.

Marie observa son amie avec attention, c'est vrai qu'elle n'arriverait pas non plus à dormir ou se reposer, Jeannine avait peut-être raison.

D'un pas lourd, accompagnée de Mistral et Fanfan elle se dirigea vers la bibliothèque. Elle eut à peine le temps de pénétrer dans la pièce que ces deux coquins s'installaient déjà sur le canapé.

- Eh ! Bande de petits voyous, et moi je me mets où ? Puis elle vit Fanfan mettre sa truffe entre ses pattes et gémir doucement.

Elle s'approcha, se mettant à genoux devant lui pour le caresser tendrement, elle posa sa tête sur la sienne pour le réconforter.

- Oh ! Mon bébé, ne t'inquiète pas, je m'occuperai de toi. Je sais combien il te manque, je ressens la même chose, mais nous formons une famille, c'est l'essentiel, et ensemble nous nous en sortirons, on se soutiendra.

Marie s'interrompit brusquement, en parlant de famille elle pensait à Fanfan, Mistral Jeannine et elle, mais n'avait pas envisagé Ethan ! Elle pressentait qu'entre eux tout avait changé, il l'aimait toujours autant, mais elle doutait de ses propres sentiments. Il voulait la transformer, l'adapter à son monde, la modeler, et cela lui pesait de plus en plus. Elle comprenait enfin les raisons de son mal-être qui ne la quittait plus depuis quelques temps. Le décès de papy avait été un révélateur, comme si elle percevait le monde sous un nouvel éclairage, ce qui lui semblait si essentiel la veille, devenait futile. Ses rêves évoluaient, comme ses envies, et la question qu'elle osait enfin se poser, était de savoir si elle voulait qu'Ethan fasse partie de son futur ? Le bruit de la porte qui s'ouvre la fit se retourner.

- Ah ! Je vois que tu fais un câlin à ce brave Fanfan, le pauvre, Pierre lui manque tellement. Tiens ! Aide moi, fais de la place sur la table, j'ai apporté de quoi nous restaurer, et tu as intérêt à manger.

- Mais il y a de quoi nourrir un régiment. Tu exagères, se moqua gentiment Marie en faisant de l'espace sur le plan de travail.

- Bon ! Alors raconte-moi tout, c'est quoi CHIMÙ ? Le nom d'une plante ? D'un lieu ? C'est impossible qu'un gars porte un nom aussi improbable, là, il y aurait de quoi faire un procès à ses parents.

Marie s'esclaffa.

- Non c'est encore mieux que ça.

- Et.... Dis donc, tu comptes me faire languir longtemps ?

- Attends ! Je dois prendre quelques livres pour t'expliquer.

Marie se précipita vers les étagères et commença à en sélectionner plusieurs.

- Oh là, là, j'ai l'impression que tu vas me faire un véritable cours, je n'ai pas pris des réserves alimentaires pour une semaine, gémit Jeannine avec désespoir. Tu ne peux pas me faire un résumé ?

- Patience ! Tu vas être surprise. Il s'agit d'un peuple, cette civilisation précolombienne régna de mille à mille-quatre-cent-soixante-dix, elle est probablement issue de la culture Moche.

- Moche, comme moche ! Eh bien ça commence bien et alors ?

- Ils ont été conquis par les Incas.

- Fa-sci-nant, se moqua Jeannine en détachant chaque syllabe. Je ne vois toujours pas le rapport avec Pierre, son truc c'était la nature, l'écologie.

- Il s'est passé quelque chose d'incroyable. En deux-mille-onze les archéologues ont découvert deux sites, dont celui de HUANCHAQUITO-LAS LLAMAS, ils ont exhumé au total les corps de deux-cent-soixante-neuf enfants, filles et garçons et quatre-cent-soixante-six lamas.

- C'était quoi, un cimetière ?

- Non ! J'y ai pensé aussi, mais c'était un lieu où l'on faisait des sacrifices.

- Quoi ! Mais pourquoi ?

- On savait que pour contenter leurs divinités, ils donnaient des offrandes à leurs dieux, ils pratiquaient des rituels terrifiants.

- Des rituels ? Tu veux dire qu'ils ont massacré tous ces pauvres enfants ?

Marie hocha la tête.

- Mon Dieu, quels barbares ! Là, tu viens de me couper définitivement l'appétit. Que s'est-il passé exactement, tu le sais ?

- Les enfants étaient âgés de cinq à quatorze ans, ils étaient enterrés auprès des Alpagas sacrifiés, ce qui est un grand honneur, car ces animaux étaient très précieux.

- Ah ! Tu parles d'un honneur, et les enfants avaient moins de valeur à priori, mais que leur est-il arrivé ?

- Là, c'est un peu glauque, on a observé des incisions sur le sternum et les côtes, afin d'arracher le cœur brutalement.

- Quoi ! Tu veux rire ? Tu te moques ? Mais quelle bande de sauvages.

- Il paraît que la mort est plus rapide qu'un égorgement.

- Voilà que cela me paraît tout à coup plus charmant, ironisa Jeannine en grimaçant de dégoût. Tu veux mon avis, c'étaient juste des grands tarés ! Tout ça pour plaire à leurs Dieux ?

- Non ! On ne connaît pas bien leurs motivations, mais il semblerait que cette année-là il y aurait eu un dérèglement climatique, ils subirent des pluies diluviennes dues sans doute à EL NINO.

- Si à chaque fois que la météo se plantait, on sacrifiait quelqu'un, on n'en finirait pas, nous manquerions de cimetières. C'étaient de grands malades si tu veux mon avis.

- J'ai trouvé un document intéressant, attends... Ah voilà ! s'écria joyeusement Marie en brandissant un recueil. Là ! Ils précisent que la décision avait été prise certainement par les élites, pour préserver le reste du peuple. Une façon d'assurer l'avenir de leur population en ajustant leurs besoins à leurs productions.

- Comment-ça ?

- Cette année-là, les récoltes avaient été médiocres. Pour permettre à la majorité de survivre, ils ont sacrifié une partie de leur peuple, en l'occurrence les enfants. Ainsi ils avaient assez de nourriture pour sauver le reste de la population.

- Ils ont massacré les plus fragiles, mais c'était mettre en péril l'avenir de leur civilisation. Pauvres petits, c'est ignoble, mais tu es sûr qu'il n'y a pas un autre CHIMÙ ? Car franchement je ne vois pas le lien avec Pierre, cela n'a aucun sens.

- Ils contrôlaient l'accroissement de leur population, afin d'éviter une famine je suppose. Non ! Je n'ai rien trouvé d'autres, c'est le seul CHIMÙ à priori. Je sais cela me turlupine, quel rapport avec papy ?

Jeannine se laissa retomber en arrière sur sa chaise, fixant le plafond avec attention.

- C'est étrange quand même, pourquoi cet intérêt pour une civilisation disparue depuis des siècles. Ton grand-père était à la retraite, l'histoire ne l'a jamais particulièrement intéressé.

- Je sais il n'y a aucune logique, mais pourtant c'est la seule piste que nous ayons. Tu l'as dit toi-même ce nom figurait sur un dossier, et il ne voulait pas que tu y touches, donc il devait être très important, mais pourquoi ?

- Je n'en sais rien, j'aimerais bien connaître aussi l'identité de son mystérieux visiteur, ou visiteuse, car après tout nous ne savons pas de qui il s'agit, précisa Jeannine en mettant son index sous le nez de Marie.

- Oui tu as raison, ce qui m'embête c'est que je ne sais pas quoi faire de cet indice maintenant. Dans quelle direction chercher ?

- Nous devons retrouver ce dossier ! S'écria Jeannine. Nous verrons bien ce qu'il contient de si important.

- Tu as raison, on s'y mettra dès demain matin. On fouillera d'abord son bureau, là…

Fanfan se mit à gémir, les deux femmes tournèrent la tête vers lui.

- Le pauvre, s'écria Jeannine en se levant, regarde il fait déjà nuit. Je vais me dépêcher de rentrer chez moi, mais d'abord je vais leur donner une bonne gamelle.

- Euh ! Tu ne voudrais pas rester ici, cette nuit ? C'est la première après l'enterrement de papy, et après avoir lu tous ces récits, j'avoue que je ne me sens pas très à l'aise.

Jeannine observa un long moment Marie, puis eut un petit sourire en coin.

- C'est vrai qu'emprunter le sentier caillouteux en pleine nuit n'est pas facile, et je le reconnais, moi aussi j'ai trouvé ces récits flippants. Je te jure, quelle bande de sauvages ! Bon ! Je vais prendre la petite chambre au fond du couloir.

Marie bailla de fatigue, elle regroupa les livres pour les ranger, puis décida de tout laisser en place, après tout, elles étaient seules dans la maison. Elles donnèrent à manger à  Fanfan et Mistral puis leur accordèrent un petit tour dans le jardin, avant de verrouiller la porte pour la nuit.

- Je crois que je vais dormir comme une souche, murmura Marie en s'étirant, ce sera la première fois depuis bien longtemps.

- Bien sûr ! Maintenant que tu m'as donné de quoi faire des cauchemars.

Marie pouffa de rire, elle embrassa son amie sur la joue, puis siffla ses deux petits compagnons, qui la suivirent dans sa chambre. Elle s'allongea dans son lit, en soupirant tristement, la journée avait était si chargée d'émotion.

Elle regarda Fanfan et Mistral qui s'installèrent près d'elle, jamais Ethan n'aurait accepté leur présence dans leur chambre encore moins sur leur lit, mais ce soir, elle avait besoin de ce contact réconfortant. Elle sombra rapidement dans un profond sommeil.

Ce fut un grognement sourd qui la tira des bras de Morphée, elle ouvrit péniblement les yeux, et aperçut Fanfan la truffe collée contre la porte.

- Oh bon sang ! La seule nuit ou je dormais comme un loir et toi tu me réveilles, et qu'est-ce que tu as à renifler cette porte comme ça ? Arrête de suite ! Tu commences à me faire peur, allez ! Viens-là mon toutou, murmura-t-elle avec exaspération. Tout à coup, elle entendit un bruit sourd en provenance du rez-de-chaussée. Elle se redressa dans le lit le cœur battant. Que faire ? Hurler ? Hum ! Pas très adapté avec cette pauvre Jeannine qui dormait juste à côté.

Oh ! Mais bien sûr, ce devait être cette dernière, qui était descendue pour boire un verre ou se restaurer. Marie se sentit coupable de lui avoir gâché le sommeil avec tous ces récits macabres, elle décida d'aller la rejoindre. Elle repoussa ses draps, enfila ses chaussons, et intima l'ordre à Mistral et Fanfan de rester couchés tranquillement dans la chambre, ce dernier essaya bien de se faufiler mais elle le rattrapa par le collier en pestant.

Elle descendit lentement les marches et fut surprise d'entendre un craquement en provenance du bureau de papy et non de la cuisine. Que se passait-il ?

D'une main tremblante elle appuya sur l'interrupteur et ouvrit en grand la porte. Là, elle se retrouva face à un inconnu, d'une stature imposante, il la dominait largement. Un cri de stupeur s'étrangla dans sa gorge, ce fut juste un petit couinement ridicule qui s'échappa. Elle recula et heurta le mur du couloir.

- Ne m'approchez pas ! Hurla-t-elle en tendant sa main devant elle pour se protéger. J'ai un chien féroce à l'étage, il suffit d'un cri, pour qu'il vous dévore entièrement, alors partez maintenant, je ne dirai rien à la police.

L'homme la regarda un long moment, avant d'éclater de rire.

- Vous voulez parler de Fanfan ? Où est-il d'ailleurs ce vaurien ? Je lui avais apporté du bacon, dit-il en montrant un sachet déposé sur une chaise.

Du bacon pour Fanfan ? Mais qui était cet homme ? Au même moment surgit Jeannine brandissant une lampe de chevet. Marie la regarda l'air ahuri.

L'inconnu redoubla de rire en les voyant faire.

- Oh ! Excusez-moi, mais franchement vous n'avez rien d'une terreur.

Marie regarda la lampe et ne put retenir un petit rire nerveux.

- Tu n'as rien trouvé de mieux ?

- J'ai fait avec les moyens du bord, tu voulais que je prenne quoi ? Ma pantoufle ? Et qui c'est celui-là ? Interrogea-t-elle en le désignant du menton.

- C'est vrai ça, reprit Marie en retrouvant son assurance, qui êtes-vous ? Et que voulez-vous ? Elle le détailla avec attention. Avait-il un lien avec la disparition de papy ? Il devait avoisiner le mètre quatre-vingt-dix. Elle lui donnait dans les trente-cinq ans environ, il avait les cheveux d'un brun très foncé, et une barbe négligée de quelques jours, qui lui donnait un air mystérieux. Entièrement vêtu de noir, il ressemblait à un pirate des temps modernes.

- C'est peut-être un tueur ? Reste sur tes gardes Marie, ne t'approche pas de lui, ou alors… c'est un voleur, ou un squatteur, qui aura appris le décès de Pierre. Oh ! Ou pire, un violeur qui comptait nous agresser, abuser de nous.

L'homme ouvrit de grands yeux, observant avec attention Jeannine. Cette dernière avait enfilé une vieille robe de chambre d'un gris terne appartenant à papy, mais qui était bien trop grande pour elle, Ses cheveux étaient en pétard, et ses lunettes reposaient sur le bout de son nez.

- Vous... Vous pensez que je veux vous... violer ? Vous êtes sérieuse ?

Il s'esclaffa de nouveau, et sous l'effet de la peur, et de la tension de la journée,  Marie partit d'un grand éclat de rire, elle dut s'essuyer les larmes qui coulaient sur ses joues.

Il s'approcha des deux femmes en levant les mains pour les rassurer.

- Je suis désolé de vous effrayer ce n'était pas mon but. Je croyais que la maison était vide, que vous étiez repartie à Paris.

- Et bien sûr c'est une habitude chez vous, de vous introduire chez les gens, ce n'est pas très rassurant comme excuse, dit-elle en croisant les bras sur sa poitrine, Au fait, comment savez-vous que je vis à Paris ? Interrogea Marie en fronçant les sourcils.

- C'est... Pierre qui me l'a dit, d'ailleurs je vous prie d'accepter mes condoléances, c'était un homme admirable, un véritable ami.

- Oh ! Vous ne seriez pas son mystérieux visiteur, par hasard ? Questionna Marie le cœur battant. Allait-elle enfin avoir une explication concernant l'intérêt de son papy pour les CHIMÙ ?

L'homme se contenta de hocher la tête tristement.

# CHAPITRE 5

Marie regarda Jeannine avec soulagement, non seulement ce n'était pas un voyou, du moins elle l'espérait, mais peut-être allait-il pouvoir leur expliquer ce qui tracassait son papy.

- Nous avons des tas de questions à vous poser, vous n'imaginez même pas. Venez ! Allons dans la bibliothèque, cette pièce est plus spacieuse que le bureau.

Jeannine et Marie prirent place sur le canapé, tandis que leur visiteur anonyme s'empara d'une chaise, il s'installa face à elles, se penchant légèrement en avant, il posa ses coudes sur ses cuisses et croisa ses mains sous son menton tout en ne les quittant pas du regard.

- Je suis vraiment désolé pour Pierre tout est ma faute, avoua-t-il d'une voix émue.

Marie se releva, ses yeux lançaient des éclairs.

- Vous ! Vous avez tué mon grand-père ?

L'homme se redressa brusquement, l'air offusqué, puis il fit un geste d'apaisement vers Marie avant de reprendre sa position, sur la chaise, il semblait chercher ses mots. Il releva la tête vers la citation de Benjamin FRANKLIN « Un peuple prêt à sacrifier un peu de liberté pour un peu de sécurité ne mérite ni l'une ni l'autre, et finit par perdre les deux ».

- J'aime beaucoup cette citation votre grand-père avait raison, elle est vraiment d'actualité, plus que jamais. Il l'adorait particulièrement, c'est lui qui m'en a appris le sens.

Marie eut un hoquet de surprise, car quelques jours auparavant elle avait eu la même réflexion. Bon ! D'accord, il ne semblait pas si dangereux que ça, mais quelqu'un s'en était quand même pris à son grand-père, et il venait de reconnaître avoir joué un rôle dans ce drame. Elle se renfonça dans le canapé pour mettre un peu de distance entre eux, et croisa les bras sur sa poitrine.

- Comment ça, tout est de votre faute ?

L'homme la fixa avec attention, tout en mordillant ses lèvres.

- Ce que je vais vous dire, n'est pas facile à entendre, je voudrais que vous gardiez à l'esprit une chose essentielle.

- Laquelle ? Interrogea Jeannine avec curiosité.

- Posez-vous les bonnes questions !

- Comment ça ? Répliqua Marie d'un air ahuri.

- Gardez juste cette phrase à l'esprit.

- Euh ! Vous commencez à m'effrayer de quoi voulez-vous parler exactement ? S'enquit Marie avec inquiétude.

- Pierre m'aidait dans mes recherches.

- Quelles recherches ? Papy était à la retraite. Dans quoi l'avez-vous entraîné ? C'était un homme âgé, il avait une petite vie bien tranquille. Pourquoi l'avoir perturbé au point que quelqu'un veuille le tuer.

- Ah ! Donc vous réfutez cette théorie du suicide, c'est déjà un bon point. Dit-il avec un léger sourire en coin qui le rendait irrésistible.

Marie secoua la tête, en attendant elle n'en savait pas plus sur lui.

- C'est lui qui a voulu mener une enquête, il était troublé.

- Mais par quoi ? Insista Marie.

- Par ce virus.

- Quoi ! Mais c'est ridicule, qu'est-ce qui pouvait bien le troubler ?

- Le comportement docile des gens, il me répétait souvent, « ils ne se posent pas les bonnes questions ».

- C'est ridicule ! S'insurgea Marie.

- Oh ! Mon Dieu cet homme est un complotiste, répliqua Jeannine en mettant sa main sur le bras de Marie d'un air effrayé.

- Ni complotiste, ni raciste, ah ! Vous oubliez qu'on les accuse dorénavant de répandre la maladie, et aussi qu'ils sont antisémites, mais là, je peux vous prouver le contraire.

- Et comment ? L'interrogea Jeannine en relevant le menton pour le défier.

- Mon nom ! Je m'appelle Samuel ADELSTEIN, et puis il y a un autre moyen mais là, je risque d'être indécent, je vous épargnerai donc cette solution.

- Indécent ? Répéta Marie, avant de rougir violemment, Oooooh ! Je vois, enfin je veux dire on vous croit sur parole. Mais quel rapport avec papy. Il ne s'intéressait pas à ce genre de choses.

- Avant de vous expliquer en détail, j'aimerais vous rappeler de garder votre esprit ouvert et n'oubliez pas de vous poser les bonnes questions.

- Mais lesquelles ? La seule qui m'intéresse est de savoir qui a tué papy.

- Pour connaître la vérité, il vous faudra poser les bonnes questions, répéta-t-il avec un petit sourire en coin.

Samuel se leva, et frotta ses mains contre ses cuisses.

- Si vous permettez je vais nous préparer du café, je reviens directement des USA et le voyage a été long et éprouvant. Je venais d'apprendre le décès de Pierre et je voulais récupérer le dossier.

- CHIMÙ ? Suggéra Jeannine toute fière de lui prouver leur découverte.

Il resta interloqué, fixant les deux femmes avec intérêt.

- Vous l'avez trouvé ?

Jeannine regarda Marie qui soupira tristement.

- Hélas non ! Voilà pourquoi nous avons tant de questions à vous poser.

- Commencez par trouver les bonnes ! Dit-il en sortant de la pièce.

- Franchement je le trouve énervant, il me rappelle monsieur DELPECH, un de mes professeurs, murmura Jeannine. Il avait toujours cette manie de me répéter en permanence la même phrase.

- Celle sur les bonnes questions ?

- Oui ! C'était pénible, j'avais l'impression d'être une totale idiote, et le pire c'est que là, j'ai le même sentiment.

Marie pouffa de rire.

- Et c'était quoi les bonnes questions ? Tu dois le savoir, s'il te le répétait à l'infini.

- Bein ! Justement je n'en sais rien, immanquablement il m'envoyait passer le reste de l'après-midi derrière le tableau noir, il me collait car je ne trouvais pas la réponse.

Marie s'esclaffa.

- Derrière un tableau noir ? Il n'était pas fixé au mur ? Eh bien ! Cela doit remonter à drôlement longtemps.

- Je t'arrête tout de suite, nous étions plus évolués que ces Chimù machin-chose, nous !

- Je vois qu'on s'amuse bien, rétorqua Samuel en entrant dans la pièce, un plateau à la main.

Un arome titilla les narines de Marie, c'est alors qu'elle remarqua la présence de Fanfan et Mistral.

- Eh ! Qu'est-ce qu'ils font là ?

- De la cuisine je l'ai entendu gémir le pauvre, alors je suis allé leur ouvrir, Fanfan est mon grand pote, et ce drôle de chat le suivait.

- Méfiez-vous, il est féroce, très féroce avec les étrangers.

Comme pour se moquer de ses propos, cet hypocrite de Mistral alla se frotter contre les jambes de Samuel, au grand désespoir de Marie.

Il leur servit une tasse de café qu'il leur tendit, Jeannine le regarda avec un immense sourire, semblant tomber sous le charme de ce Don Juan de pacotille. Marie voulait garder la tête froide, il s'agissait quand même d'un meurtre, celui de papy, et elle devait le résoudre, Elle l'observa donc avec attention. Il avait des yeux  de la couleur de l'obsidienne, si brillants qu'ils en étaient fascinants. Son regard en devenait même hypnotisant, il inspirait confiance. En plus, il était vraiment très séduisant, mais depuis quand s'intéressait-elle donc à un autre homme qu'Ethan ?

Il reprit sa place, et sa position favorite.

- Je vois que vous me dévisagez avec méfiance Marie.

Gênée d'avoir été découverte, mais heureuse de voir qu'il n'était pas aussi perspicace, elle soupira et rougit de plus belle. Ouf ! Cet homme ne lisait donc pas dans les pensées.

- Je... je ne sais rien de vous. Vous me parlez de complots, de questions, et même d'une enquête mais je n'y comprends rien. Vous êtes mystérieux, et inquiétant.

Il pencha la tête pensivement.

- Vous avez raison, excusez-moi, en fait, je ne m'attendais pas à vous trouver ici. Du coup je ne me suis même pas présenté correctement, mais pour des investigatrices de haut-vol, vous laissez à désirer. Voilà une question intéressante, la première que vous auriez dû me poser.

- Ah ! Cela fait partie de vos bonnes questions ? L'interrogea Jeannine.

- Non ! Commençons par le début, si vous le permettez.

Il prit une grande respiration.

- Je m'appelle Samuel comme je vous l'ai dit, je vivais et travaillais aux USA pour un grand groupe pharmaceutique FULMORT.

- Oh ! Celui du vaccin, s'exclama Jeannine.

Il hocha la tête avant de reprendre.

- C'est là que j'ai rencontré ma femme Sarah, elle travaillait au siège. Elle avait un poste très important, moi je suis juste un bio-informaticien, un spécialiste d'algorithmes.

Jeannine se pencha vers Marie.

- Alors là, c'est déjà du chinois, je ne sais pas ce que fait un bio-informaticien, ni ce qu'est un algorithme. Il a dit une seule phrase et je suis déjà totalement larguée.

Samuel retint un petit rire.

- Je recueille des informations issues du monde des vivants, et je crée des logiciels et des bases de données qui sont ensuite exploitées par les biologistes par exemple.

Marie se contenta de hocher la tête, ne voyant toujours pas le lien avec papy.

- Ma femme était dévorée par l'ambition, l'envie de progresser, de gravir les échelons. Il se mordilla les lèvres avant de poursuivre. Au début j'admirais cette volonté, cet acharnement dans le travail. Personnellement je ne partageais pas cette vision du monde du travail. J'aimais mon boulot mais il ne résumait pas mon existence. J'estime qu'une vie est trop courte, qu'on doit aussi prendre le temps de vivre. Bref ! Au fil du temps, notre couple battait de l'aile comme on dit. On s'éloignait l'un de l'autre.

Il fronça les sourcils, en secouant la tête.

- Je n'ai pas perçu de suite le changement, elle qui ne parlait jamais de son boulot a commencé à le dénigrer, elle m'a avoué qu'elle travaillait en permanence sous tension, tout devait rester secret et cela lui pesait de plus en plus. Un matin, il s'est passé un incident, son patron a fait un malaise au bureau, quand les secours l'ont emmené à l'hôpital, Sarah a voulu éteindre son ordinateur, c'est là qu'elle a découvert leurs intentions, le fameux projet CHIMÙ, symbolisé sur l'écran par un soleil.

- CHIMÙ, répétèrent en chœur, les deux amies.

- Oui et le soleil confirme que nous étions sur la bonne piste, il représente les Incas, affirma joyeusement Jeannine. En fin de compte nous ne sommes pas si nulles !

- Et alors c'est quoi ce projet ? S'empressa de demander Marie.

- Je n'en savais rien à l'époque. Comme un idiot je n'ai guère prêté attention à ce qu'elle me racontait, je vous l'ai dit, nous nous étions éloignés l'un de l'autre. Je me suis juste souvenu de bribes de notre conversation, elle était si angoissée que je ne comprenais rien à ses propos. Le lendemain on a retrouvé la voiture de Sarah encastrée contre un arbre, elle est morte sur le coup. J'étais sous le choc, anéanti. Je n'ai pas fait le rapprochement avec ce dossier. Quelques jours plus tard, notre maison a été cambriolée, son ordinateur avait disparu.

- Quoi ! Comment ça morte ? Vous pensez que quelqu'un a voulu la tuer ? Comme pour papy ? Mais quel rapport ?

Il passa les mains sur son visage, avant d'avaler une gorgée de son café.

- J'ai fui, comme un lâche, je suis parti, je n'ai pas cherché à comprendre, en fait je ne faisais pas le lien entre ces différents évènements. J'ai atterri ici par le plus grand des hasards. Un de mes amis avait passé des vacances en France dans ce petit village, et ma mère était originaire du coin.

- Ah ! C'est pour ça que vous parlez si bien notre langue, précisa Jeannine en lui souriant.

- Pourquoi être parti ? Interrogea Marie.

- Je n'avais plus goût au travail, j'avais l'impression qu'on m'espionnait, l'attitude de mes collègues me paraissait bizarre. J'avais le sentiment de devenir fou. En plus, je culpabilisais, j'aurais dû la soutenir, comprendre ce qui l'effrayait, au lieu de ça… je l'ai abandonnée à ses angoisses. Quelque chose me perturbait dans cette affaire, cela me dépassait. J'avais tellement honte de mon comportement, j'avais besoin de prendre du recul, pour me retrouver, et quoi de mieux que de mettre des milliers de kilomètres avec ma vie d'avant. J'ai trouvé que ce petit coin isolé était parfait pour me reconstruire.

- C'est là que vous avez rencontré mon grand-père ?

- Oui un jour, alors que j'explorais les alentours, je me suis assis sur un banc pour me reposer. Je ne savais pas qu'il affectionnait ce coin. C'est là qu'il m'a abordé. Vous le connaissez, il m'a dit « Vous, vous portez le poids du monde sur vos épaules, et si vous laissiez tomber ce sac trop lourd pour vous »

- Ça c'était bien papy, il aimait venir en aide aux gens, et il savait écouter, c'est une qualité rare de nos jours. Les gens adorent se plaindre, mais peu savent prendre le temps d'écouter. Il a pu vous aider ?

- Oui ! Et je lui suis redevable, il n'insistait pas. Tous les matins nous nous retrouvions sur ce banc, juste pour admirer le paysage. Il attendait que je sois prêt à parler. Un jour je me suis mis à lui raconter ma vie, mon désespoir, ma culpabilité de n'avoir pas su écouter et comprendre ce que vivait Sarah.

- Vous n'étiez coupable de rien, vous n'étiez pas au courant, mais que signifiait ce mot CHIMÙ ?

- Je vais y venir. Justement Pierre ne le savait pas non plus. Il a commencé à faire des recherches, et là, j'ai eu le doute, j'ai pris peur, je voulais qu'on arrête, mais c'était si fou !

- Le doute ? Quel doute ?

- Quand la vérité dépasse l'entendement on doute. Pierre m'avait alors appris une citation de GALILÉE « Le doute est père de la création ».

- Ce qui veut dire ? Demanda Jeannine.

- Qu'il est bon de douter, cela prouve qu'on s'interroge, qu'on se questionne, qu'on fait preuve d'intelligence. Il citait aussi Machiavel « Celui qui contrôle la peur des gens, devient le maître de leurs âmes », c'était un stratège en politique, il avait étudié de près la mécanique du pouvoir et le jeu des ambitions concurrentes.

- Papy adorait les livres, c'est de lui que je tiens cette passion.

- Je sais, il parlait si souvent de vous, il me racontait votre enfance, vos projets, vos rêves et cela me donne l'impression de vous connaître depuis toujours.

- Et pourtant il ne s'est pas confié à moi, reconnut tristement Marie.

- Il ne voulait pas vous mettre en danger, c'était pour vous protéger, c'est tout. Ne doutez pas de son amour, vous étiez toute sa vie.

Marie essuya une larme sur sa joue.

- C'est pour ça que je n'ai pas cru à ce suicide, jamais papy m'aurait infligé un tel chagrin volontairement.

- Exactement ! Ne l'oubliez jamais.

Samuel se redressa.

- Alors vous les avez trouvé ces bonnes questions à poser ?

Les deux femmes se regardèrent puis éclatèrent de rire, avouant leur nullité.

- Non ! Vous ne l'êtes pas, vous avez juste oublié ce qui compte vraiment. Prenons un cas pour exemple, un drame terrible. Ah oui ! J'ai trouvé, lors de l'explosion du port de Beyrouth, quelles questions évidentes vous êtes-vous posées ?

Marie haussa les épaules.

- Euh ! C'était si atroce, je me suis d'abord interrogée sur le nombre de victimes et...

- Oui c'est vrai moi aussi, confirma Jeannine, puis sur les raisons de cette explosion.

Samuel hocha la tête comme un professeur patient devant des élèves, ce qui fit sourire Marie.

- Et la dernière question ? Interrogea-t-il.

- Oh ! Euh ! Qui était responsable de tout ce désastre ? Murmura Marie.

- Bingo ! S'écria-t-il en se levant.

Il fit quelques pas, puis une volteface rapide, pour revenir vers elles en plissant les yeux.

- Et pour ce virus ?

- Quoi, ce virus ? Demanda Marie sans comprendre.

- Quelles questions vous sont venues à l'esprit ?

- Le nombre de morts ? Ah ! Ça on ne risque pas de l'oublier. J'ai l'impression d'être bloquée dans une boucle temporelle. Tous les jours c'est la même chose, on voit les mêmes têtes à la télé, répétant les mêmes infos que la veille, cela en devient saoulant, soupira Jeannine en exagérant son exaspération.

Et ensuite ? Insista Samuel.

- En ce qui concerne cette drôle de bestiole, le congolin, alors là, je n'y ai pas cru, répliqua avec vigueur Jeannine. Franchement et puis quoi encore !

- Pangolin ! Reprirent en chœur Marie et Samuel qui ne purent s'empêcher de rire.

- Congolin, Ragondin, Pangolin, on s'en fiche, vous me comprenez c'est le principal. Et d'ailleurs je ne sais même pas à quoi ressemble cette bestiole. Ce n'est pas ici que je risque d'en croiser une, mais je savais que là, ils nous prenaient vraiment pour des jobastres, des naïfs.

- Et vous aviez raison Jeannine. D'ailleurs cela fut très vite démenti par les réseaux sociaux, mais pas par nos dirigeants. Cela ne vous a pas paru étrange ?

Jeannine souffla, peu convaincue, Marie elle fronça les sourcils.

- Où voulez-vous en venir ?

Samuel pencha la tête, puis croisa ses bras sur sa poitrine.

- Êtes-vous vaccinées ?

- Oui ! Bien sûr, évidemment, répondit avec assurance Marie. Sans ce vaccin toute vie sociale devenait compliquée, même le simple fait d'aller dans un restaurant, de prendre un avion, de voyager, d'aller à l'étranger.

- Mais je croyais qu'il ne t'emmenait jamais avec lui Ethan ? S'étonna Jeannine.

Marie la regarda avec surprise et se mit à rougir.

- Pour son travail non ! C'est vrai, mais là, il voudrait qu'on parte en vacances, je suppose dans une île paradisiaque, il me parle souvent des Caraïbes.

- Maintenant ? Jeannine secoua la tête d'un air désespéré.

- Et vous Jeannine ? Insista Samuel.

- Quoi moi ?

- Êtes-vous vaccinée ?

- Bein… non !

- Quoi ? S'insurgea Marie en la regardant.

- Mais enfin, il y a six cents habitants dans le village, je vois « dégun », si je croise trois « péquins » dans la journée c'est le bout du monde. Alors franchement, ton virus il faudrait d'abord qu'il me trouve.

- Jeannine tu fais partie des personnes à risques, tu aurais dû le faire, insista Marie.

- Bein ! Dis tout de suite que je suis en décrépitude pendant que tu y es. « Boudiou » quelle histoire pour un vaccin, ici je ne crains rien.

Samuel qui observait leur échange, ne put s'empêcher de rire.

- Bon ! Je crois que je vous ai déjà assez retenues pour cette nuit, mais je vais avoir besoin de votre aide.

- Pour faire quoi ? Demanda Jeannine d'un air suspicieux.

- Pour retrouver ce fameux dossier CHIMÙ.

- Dans quel but ? Si vous avez travaillé avec papy, vous en connaissez forcément le contenu.

- Je suis parti aux USA quand Pierre était à Paris. Il m'a téléphoné une fois, pour me dire qu'il avait enfin une preuve déterminante. À mon avis il l'aura mise dans ce dossier.

- Quelle preuve ? Interrogea Marie le cœur battant.

- Il n'a pas voulu me le dire au téléphone, il devenait je le reconnais un peu parano, et au final, il n'avait peut-être pas tort.

- Vous croyez que c'est à cause de ce dossier qu'on l'a tué ? Demanda Marie, d'une voix émue.

Samuel la regarda tristement.

- Il ne serait hélas ! Pas le premier.

- Les deux femmes poussèrent des cris horrifiés.

Samuel mit ses mains sur les bras de Marie.

- On trouvera le coupable, je vous le promets, mais maintenant allez-vous reposer, cette journée a été plus qu'éprouvante, l'enterrement, mon arrivée surprise, chez vous. Je m'en excuse d'ailleurs.

Marie se leva péniblement, épuisée par tous ces évènements, en passant devant lui, elle ne put s'empêcher de lui demander.

- Comment se fait-il que vous n'étiez pas à son enterrement ? Et comment avez-vous pénétré dans cette maison ?

- Je suis arrivé trop tard, la cérémonie était terminée, vous savez toutes les procédures sont plus longues dans les aéroports. Croyez-moi, j'ai fait des pieds et des mains pour être là à temps. Et en ce qui concerne mon intrusion dans votre demeure, Pierre laissait toujours la clé de la porte de derrière dans le pot de géranium.

- Plus d'une fois je lui ai dit que cela n'était pas prudent, rétorqua Jeannine. N'importe qui pouvait s'introduire, la preuve.

Samuel éclata de rire.

- Oui un sale complotiste comme moi, c'est ça ?

Jeannine ne put s'empêcher de sourire.

- Bon ! Vous n'en n'êtes peut-être pas un, mais reconnaissez que vous êtes… étrange. Tout ce que vous nous avez dit c'est… perturbant.

- Voilà pourquoi je pense qu'il est temps d'aller vous reposer. Nous en reparlerons demain matin si vous le voulez bien, et si nous pouvions retrouver ce dossier, vous comprendriez mieux.

Les deux femmes commencèrent à monter les marches menant vers leurs chambres, quand Samuel les interpella.

- Et n'oubliez pas ?

- Quoi ? Rétorquèrent-elles en chœur.

- Posez-vous les bonnes questions.

- Ce qu'il peut m'énerver, chuchota Jeannine en regardant Marie.

Samuel s'esclaffa en leur faisant un petit signe de la main, avant de se diriger vers la porte.

Jeannine le regarda sortir, l'air pensif.

- Tu y crois toi à toutes ces sornettes ? Et si c'était juste un fada ?

- Je ne sais plus quoi croire, je n'arrive plus à réfléchir. Plus vite nous trouverons ce dossier, plus vite nous aurons des réponses concrètes sur la mort de papy. Je veux savoir ce que lui pensait, et qu'est-ce qui pouvait être aussi important pour le mettre en danger.

Jeannine hocha la tête avec détermination.

- Oui attendons, de mettre la main sur ce document, Pierre était un homme réfléchi, il ne se serait pas laissé embarquer dans une histoire abracadabrante. Ce qui me désole, c'est que je n'arriverai plus à dormir ce soir.

- Mais pourquoi ?

- J'ai en tête sa sale phrase, « posez-vous les bonnes questions ». Comme s'il ne pouvait-pas nous dire de quoi il s'agissait, conclut-elle en soupirant tristement.

- Je suis comme toi,  c'est exaspérant, il a les manières d'un professeur sadique.

- Tout monsieur DELPECH je te le dis. Je crois que je vais faire des cauchemars.

Sur un dernier éclat de rire, Marie referma sa porte, mais son esprit était en ébullition. Pouvait-elle se fier à cet homme ?

# CHAPITRE 6

Le lendemain matin Marie se leva de bonne heure, attirée dans la cuisine par les bonnes odeurs qui en émanaient.

- Dis donc ! Tu es drôlement matinale, déclara-t-elle avec un grand sourire, en voyant Jeannine s'activer devant les fourneaux.

- Toute cette histoire m'a tellement perturbée que je n'arrivais pas à dormir. Samuel doit revenir pour qu'on l'aide à rechercher ce fameux dossier, alors j'ai préféré préparer le repas maintenant, comme ça il aura quelque chose à manger de correct, il me semblait bien fatigué hier au soir.

- Waouh ! Tu lui fais ta fameuse ratatouille, tu dois drôlement l'apprécier. N'oublie pas qu'on ne sait rien de lui, qu'on doit rester sur nos gardes. Il a quand même reconnu avoir joué un rôle dans la mort de papy, précisa Marie avec détermination, tout en se servant une tasse de café.

- Moi ! Je trouve qu'il a un regard franc, je ne sens pas une once de duperie chez lui, il m'inspire confiance.

- Oui ! Eh bien le cimetière est plein de gens qui avaient confiance, personnellement je réserve mon jugement. Je veux en savoir plus.

- Pourtant, reprit d'un air mutin Jeannine, tout en touillant les légumes dans l'énorme cocotte en fonte, j'ai bien vu comment tu le regardais, et ce n'était pas de la suspicion.

Marie se sentit rougir violemment.

- Bon d'accord, je l'avoue, il est... charmant, mais cela ne veut pas dire qu'il n'est pas dangereux.

- Je le savais ! S'esclaffa joyeusement Jeannine. C'est un beau brun.

- Un suspect ! Jeannine, juste un suspect !

- Si tu le dis, mais où vas-tu habiller comme ça de bon matin ?

- J'ai besoin d'aller courir, je me sens oppressée, cela va me permettre d'y voir plus clair, de prendre du recul.

- Et comment tu fais à Paris pour courir alors ?

Marie grimaça.

- Je ne peux pas, donc je vais en salle, mais ce n'est pas pareil, je n'arrive pas vraiment à me détendre.

- Tu m'étonnes, entre le bruit et l'odeur de transpiration ce n'est certainement pas agréable, cela n'a rien à voir avec notre colline.

Marie éclata de rire, puis reposa sa tasse avant de s'en aller. Elle prit une grande respiration en sortant de la Bastide. L'air était vif, le ciel déjà limpide, et ce qu'elle remarqua en premier ce fut le chant des oiseaux. Oui ! Elle se sentait bien ici, même si son cœur était lourd.

Elle secoua la tête, elle n'arrivait toujours pas à réaliser que son papy était parti définitivement, elle avait l'impression qu'il allait surgir de derrière la maison en lui faisant un grand signe de la main, comme à son habitude. À cette idée, un sanglot obstrua sa gorge, les larmes se mirent à couler, Marie renifla et décida de trottiner, pour laisser derrière elle, cette chape de tristesse qui ne la quittait plus, de presser le pas pour fuir ses problèmes, de s'éloigner de tous ses doutes. Courir à perdre haleine, pour se retrouver, oublier tout, si tant est que cela soit possible. Accélérer l'allure, aller de plus en plus vite, sans jamais s'arrêter, ou se retourner… pour retrouver sa vie d'avant, son insouciance, sa joie de vivre. Comme si le simple fait de mettre un pied devant l'autre, lui permettrait de laisser derrière elle ce vide abyssal, ce froid glacial qui la faisait frissonner.

Au bout d'une heure Marie était totalement épuisée. Elle regarda sa montre, Samuel n'allait sûrement pas tarder à les rejoindre, mais avant, elle avait besoin de se recueillir dans le sanctuaire de son papy, son banc. En s'approchant doucement, elle fut surprise d'y trouver Samuel, il se tenait légèrement penché en avant, ses avant-bras en appui sur ses cuisses. Il semblait se recueillir et elle n'osa pas faire un pas de plus, mais le craquement d'une brindille lui fit tourner la tête.

- Je... Je suis désolé Samuel, je ne voulais pas, vous déranger, c'est juste que...

Il lui fit signe de s'approcher en lui souriant.

- Vous aviez comme moi besoin de vous sentir proche de lui, cet endroit lui ressemble tellement, c'est si paisible. On domine la vallée, parfois quand les nuages sont bas, j'ai l'impression de pouvoir les escalader, les toucher du bout des doigts.

Marie se contenta de hocher la tête, tout en se mordillant la joue, elle devait être rouge comme une tomate, toute décoiffée, mais quelle importance ? Elle ne cherchait pas à le séduire, pensa-t-elle, furieuse de voir que ses pensées s'échappaient malgré elle. Sans un mot elle prit place à ses côtés.

- Il me manque terriblement, j'imagine ce que vous devez ressentir, murmura-t-il doucement en la regardant.

Marie baissa la tête, oh oui ! Elle était à l'agonie depuis l'annonce de son décès. D'ailleurs, elle n'arrivait toujours pas à réaliser, pour elle cette mort n'était pas réelle.

Il mit sa main sur la sienne, elle ressentit une douce chaleur qui se diffusa en elle, oui Samuel était réconfortant.

- Nous trouverons qui a fait ça, je vous le promets. J'ai hâte de mettre la main sur ce maudit dossier. Vous savez je m'en veux de l'avoir entraîné dans cette sordide histoire.

Marie haussa les épaules.

- Ce n'est pas votre faute, Pierre était épris de justice, il n'y avait pas plus honnête, il a dû découvrir quelque chose de grave, et sa conscience l'aura poussé à résoudre cette affaire.

- Oui, mais sans moi il...

- C'est le destin Samuel, il n'y a pas de hasard dans la vie. Papy disait toujours que tout est déjà écrit, qu'on a beau se débattre il est déjà tout tracé. Comment expliquer que vous soyez venu vous installer, juste ici ? Vous comprenez ?

Samuel la regarda avec attention.

- Vous lui ressemblez beaucoup, vous lui manquiez tellement. Il vous aimait tant.

Une douleur fulgurante traversa Marie.

- Il y a deux ans, j'ai rencontré Ethan lors d'un salon du livre, j'avais publié un petit recueil et...

- Oh ! Pierre était très fier de votre œuvre « Les aventures d'Abysse », il m'en a donné un exemplaire, ce petit chien est incroyable. J'aime votre sensibilité, vous créez un monde imaginaire pour les enfants, et il m'a dit que les illustrations étaient de vous ?

Marie se sentit rougir de nouveau, devant tant de compliments.

- Oui ! Mais elles sont très simples, je n'ai pas un don particulier pour le dessin.

- Oh ! Détrompez-vous. Avez-vous continué à écrire ?

- Non ! Après ma rencontre avec Ethan tout a été très vite, c'était un véritable coup de foudre, je l'ai suivi à Paris, c'est là qu'il travaille, il a une société la...

- XÉPHAS, l'interrompit Samuel.

Marie ne put s'empêcher de froncer les sourcils.

- Comment le savez-vous ?

Samuel se mit à rire.

- Pierre avait le don d'écouter, mais il adorait parler de vous. Je vous l'ai dit, j'ai l'impression de vous connaître depuis toujours. Il m'a décrit votre passion pour la photographie ainsi que pour la musique, il était si fier, il ne tarissait pas d'éloges à votre égard.

Marie pouffa de rire.

- C'est vrai, cela ne me surprend pas. Bref ! Une fois à Paris, papy m'a offert de quoi ouvrir ma propre librairie, il ne voulait pas que je dépende entièrement d'Ethan. En fait, ils... ne s'entendaient pas très bien, avoua-t-elle piteusement.

Samuel resta un long moment silencieux sans la quitter des yeux.

- Je suis étonné... comment se fait-il qu'il soit reparti si vite, en vous laissant seule ici ?

- Euh ! C'est un homme très occupé, il avait des tas de rendez-vous.

- Oui, mais vous aviez besoin de soutien, de réconfort.

Devant l'air gêné de Marie, il s'excusa.

- Oh ! Ce n'est pas grave avoua-t-elle en haussant les épaules. Elle hésita un instant avant de reprendre. Bon ! C'est vrai que cela me choque aussi. J'ai l'impression que la mort de papy m'a ouvert les yeux. Peut-être est-ce dû à la fatigue, tout m'insupporte, m'irrite.

- Je comprends ce sentiment, j'étais exactement comme vous après la mort de Sarah, je m'en voulais tellement. J'avais l'impression d'être en décalage avec le monde qui m'entourait, tout me paraissait suspect, étrange. Si j'étais resté, je pense que je serais devenu complètement fou ! En fait, de par mon métier, j'ai besoin de tout comprendre, de tout maîtriser, et là tout m'échappait.

- C'est ça ! Vous exprimez si bien ce mal-être qui ne me quitte pas. Samuel ... si je vais trop loin n'hésitez pas à me le dire, mais... vous vouliez fonder une famille avec Sarah ?

Il pencha la tête de côté semblant méditer.

- Un temps oui, puis j'ai vite compris que ce n'était pas le rêve de Sarah, elle avait bien trop d'ambition. Elle ne vivait que pour son travail. Bêtement, je pensais qu'une fois qu'elle aurait gravi les échelons elle se calmerait, qu'elle reviendrait à la raison, mais il y avait toujours un nouveau palier à franchir... et vous ?

- Oh ! Euh ! Marie se mordilla la joue, et voilà quand on pose une question il faut toujours s'attendre à un retour de manivelle, c'est l'effet boomerang de la curiosité, pensa-t-elle.

Marie soupira longuement.

- J'ai été élevée par papy comme vous le savez, et j'ai toujours regretté de ne pas avoir un frère ou une sœur pour partager des moments de complicité. Vous le voyez cet endroit est assez isolé, oh !

Papy m'adorait, il m'a donné tant d'amour, mais il me manquait un compagnon de jeux. Alors oui j'aimerais avoir des enfants.

- Et Ethan ? Demanda-t-il en plissant les yeux.

Marie émit un léger grognement de dépit.

- Je crois qu'il ressemble beaucoup à votre Sarah, il ne vit que pour sa société, il estime qu'à son âge, il n'a pas envie de passer ses journées de repos dans les couches et les biberons. Qu'un enfant serait un poids.

- Oh ! Je vois, et vous que ressentez-vous ?

- Au début je m'en fichais, mais avec le temps, cela a creusé un fossé dans notre couple. Il y a deux ans, j'étais si amoureuse, c'était ... ma toute première relation, avoua-t-elle en rougissant violemment, et je n'ai pas pris le temps de réfléchir à toutes ces petites différences entre nous, mais maintenant je me rends compte qu'elles étaient capitales et que cela nous a séparé, j'ai trop concédé, je ne me reconnaissais plus.

- Hum ! Cela me rappelle quelque chose, cela fait écho en moi, dit-il en souriant. Vous avez remarqué Marie ?

- Quoi donc ?

- Ce banc ! Il est doté d'un pouvoir magique, on devrait l'appeler affectueusement le banc de Freud, il nous incite à parler, à dévoiler nos sentiments.

Marie pouffa de rire.

- C'est vrai, je suppose que c'est pour ça que papy aimait tant cet endroit, il s'y sentait bien. Il disait qu'il était propice à la réflexion.

Samuel se leva en lui tendant la main.

- Et si nous redescendions à la Bastide, nous avons une mission importante à mener. Il faut retrouver ce fameux dossier.

Marie glissa sa main, dans la sienne. Étrangement elle se sentait en paix. Jeannine avait raison, il inspirait confiance. Elle leva les yeux vers lui en souriant. Aujourd'hui sa stature imposante ne l'effrayait plus, bien au contraire elle se sentait rassurée, en sécurité. Il portait ce matin-là, un tee-shirt noir avec un jean ce qui le rendait encore plus séduisant. Il avait une coupe de cheveux moins stricte que celle d'Ethan, il frisottait sur la nuque et sa barbe négligée lui donnait un air décontracté et canaille.

Jeannine de sa cuisine les vit approcher en se tenant la main, un grand sourire étira son visage. Elle posa son tablier et décida d'aller les attendre sous le porche.

- Eh bien ! Je vois que tu as rencontré notre complotiste en faisant ton jogging.

Samuel éclata de rire.

- Ni complotiste, ni quoi que ce soit d'ailleurs. Alors Jeannine prête à jouer les Sherlock-Holmes ?

- Pour sûr ! Je connais cette maison comme ma poche, on le trouvera ce fameux dossier.

Marie, relâcha sa main avec l'impression de perdre quelque chose. Pourtant elle ne connaissait pas Samuel, mais Jeannine avait raison, on se sentait immédiatement en confiance avec lui. Il la regarda, comme si rompre ce contact le troublait aussi. Ses yeux d'un noir incandescent, firent battre son cœur plus vite.

- Bon ! Alors vous tombez à pic. Je viens de terminer le repas de midi, car vous resterez avec nous Samuel, vous êtes notre invité.

Il fronça les sourcils, comme gêné par tant de gentillesse.

- Je… je ne voudrais pas m'imposer. J'ai déjà fait irruption dans votre vie de façon un peu abrupte.

- C'est le moins qu'on puisse dire. Quand je pense que je vous ai pris pour un voleur pire un violeur, conclut Jeannine en roulant des yeux. Remarquez c'est dommage, un beau gars comme vous on n'en voit pas tous les jours par ici.

À ce rappel, Samuel et Marie se regardèrent en souriant.

- Jeannine enfin ! répliqua Marie en pouffant de rire.

- Allez ! Venez, mesdames, nous devons retrouver ce dossier c'est important. Il doit y avoir la découverte primordiale de Pierre, celle qui sûrement aura causé sa…

- Mort ! Termina Marie, d'une voix éteinte.

Il mit son bras autour de ses épaules pour la réconforter.

- Nous trouverons Marie qui a fait ça et pourquoi, c'est une promesse, chuchota-t-il à son oreille.

Elle hocha la tête tristement.

Jeannine qui les devançait, les interpella joyeusement.

- Alors on commence par quoi ? Dit-elle en s'arrêtant devant la porte du bureau de Pierre.

- Ce dossier n'est pas bien épais, il a pu le glisser n'importe où, fouillons d'abord les tiroirs, indiqua Samuel.

- Moi, je m'occupe des documents qui sont empilés sur son bureau, compléta Marie.

Pendant deux heures ils s'appliquèrent à regarder le moindre papier sans succès.

- Oh ! Pétard, je suis fourbue d'être pliée en deux depuis si longtemps, murmura Jeannine en se frottant le bas du dos. Et si vous nous résumiez déjà ce qu'il contenait, on gagnerait du temps.

- Non ! Il faut ce dossier, déjà que vous me prenez pour un complotiste, vous ne me croirez jamais. Je veux vous montrer ce que nous avons découvert, et puis il faut que je mette la main sur cette dernière preuve, elle est déterminante, enfin c'est ce que Pierre pensait.

- Si vous le dites, conclut Jeannine, d'une voix morne. Bon ! En attendant je vais préparer des boissons fraîches, ça m'assèche moi de jouer les détectives.

- C'est parce que tu n'arrêtes pas de parler, tu es une vraie pipelette, se moqua gentiment Marie.

- Ton grand-père disait que j'étais une « bazarette » mais dans le sens gentil du terme. Oh ! Il pouvait se moquer de moi, il était encore plus bavard, mais jamais il n'aurait voulu le reconnaître.

Lorsque Jeannine revint avec un plateau, ils décidèrent de faire une pause dans la bibliothèque qui jouxtait le bureau.

Marie se laissa lourdement tomber dans le canapé, allongeant ses jambes devant elle.

- C'est vrai qu'après ce jogging, une petite pause s'impose. D'ailleurs je n'ai même pas pris le temps de me changer, je suis complètement épuisée, lavée, essorée, précisa-t-elle en soupirant. Je me demande si on retrouvera ce dossier. Peut-être s'en est-il débarrassé en comprenant qu'il était dangereux ?

- Non ! Affirma Samuel avec conviction, cette enquête lui tenait à cœur, et vous comprendrez pourquoi, quand vous saurez.

- Et si vous nous en disiez plus ? Insista Jeannine en plissant les yeux. On ne vous a jamais dit que vous étiez pénible Samuel, tout à fait comme monsieur DELPECH.

- Monsieur DELPECH ? Qui est-ce ? Interrogea-t-il en fronçant les sourcils.

- Votre jumeau, se moqua Jeannine.

Marie qui buvait une gorgée de limonade, ne put s'empêcher de pouffer de rire. Elle releva les yeux vers la citation favorite de son grand-père, celle de Benjamin FRANKLIN.

- Oh ! Mon Dieu, pourquoi n'y ai-je pas pensé plus tôt, s'écria-t-elle avec un grand sourire.

Samuel qui venait de s'asseoir près d'elle, la regarda avec surprise.

- On est parti du principe que papy l'avait caché dans son bureau, mais il adorait aussi cette pièce, c'était son refuge, et ça, dit-elle en pointant son index vers la citation, il y tenait énormément.

Marie s'empressa de décrocher le tableau, le cœur battant elle le retourna et trouva le dossier violet coincé sous un élastique tendu de chaque côté. Sa respiration se bloqua dans ses poumons quand elle découvrit le nom écrit en gros, CHIMÙ, elle s'en saisit les mains tremblantes.

Samuel poussa un cri de victoire en levant le poing. Il s'approcha de Marie et la fit tournoyer dans les airs, avant de la laisser glisser contre son corps, le dossier écrasé entre eux. Ils se fixèrent un long moment en silence, ce fut la voix de Jeannine qui les ramena à la réalité.

- Bon ! Alors on peut connaître maintenant le fin mot de cette histoire.

Samuel se racla la gorge pour se ressaisir, il s'écarta de Marie doucement, comme si cela lui coûtait de la laisser, puis il pivota vers Jeannine.

- Pas avant que vous n'ayez répondu à ma question.

- Bein ! Laquelle ? Interrogea Jeannine en mettant les mains sur ses hanches.

- Je vous l'ai dit, insista-t-il avec un petit sourire en coin. Posez-vous la bonne question !

- Et voilà qu'il recommence, s'insurgea Jeannine, écoute Marie, trouve-moi un tableau noir cela ira plus vite, j'irai me mettre derrière.

Cette dernière éclata de rire, devant l'air exagérément désespéré de Jeannine. Quelle sacrée comédienne ! Comme cela lui avait manqué, cette bonne humeur, ces fous rires, ces galéjades, ces plaisanteries bon enfant.

Oui ! Elle prenait conscience que cela faisait partie d'elle, de son éducation, elle avait grandi entourée d'amour et de gentillesse. Au début de sa relation avec Ethan, elle avait été subjuguée par l'homme, son statut, la vie trépidante qu'il menait à Paris. Petit à petit, elle avait enfoui au fond d'elle sa vraie nature, cherchant à lui plaire en permanence. Elle osait enfin s'avouer, qu'elle jouait un rôle.

Cette personne docile qui acquiesçait à tout, qui n'exprimait pas ses sentiments, ce n'était pas elle. Marie avait voulu se fondre dans le monde d'Ethan, elle faisait même attention à sa façon de parler, il trouvait son accent provençal peu distingué. Toutefois, une petite flamme de rébellion avait continué de scintiller en elle.

Ethan avait dû en prendre aussi conscience. Il lui avait reproché sa façon de s'habiller, c'est vrai que pour aller travailler à la librairie, elle essayait de préserver sa vraie personnalité, qu'elle camouflait sous des vêtements de grandes marques lorsqu'elle l'accompagnait à des soirées. Au fil du temps, elle avait eu l'impression d'étouffer auprès de lui, mais sans arriver à rompre ce lien qui lui pesait aujourd'hui. C'est fou ! Elle ne connaissait pas Samuel, mais auprès de lui, elle se sentait libre d'être elle-même.

Ce fut la sonnerie du téléphone qui la sortit de ses pensées, et Marie s'empressa d'aller répondre, dans le couloir. Sa joie s'éteignit immédiatement en entendant la voix irritée d'Ethan, il avait dû ressentir qu'elle pensait à lui, elle se retint de soupirer.

- Tu en as mis du temps à décrocher, tu sais que je suis pressé. Alors Marie quand penses-tu revenir ?

Elle se mordilla la joue, il l'exaspérait de plus en plus, elle ne supportait plus son ton autoritaire.

- Je te l'ai dit, je dois récupérer l'urne de papy, ensuite avec Jeannine et… elle se pinça les lèvres de justesse. Marie avait failli lui parler de Samuel. Heureusement, il ne sembla pas remarquer sa bévue.

- Oh ! Bon sang ! Voilà que tu as de nouveau cet accent minable, tu pourrais faire attention Marie, j'ai une soirée importante dans quelques jours. Je n'ai pas envie qu'on pense que je vis avec une provinciale.

Marie faillit s'étrangler sous l'insulte. Elle était fière de ses origines, de son accent, et elle eut honte tout coup, en prenant conscience que pour lui faire plaisir, elle s'était effacée trop longtemps, gommant sa personnalité. Toutefois ne voulant pas attiser sa curiosité sur ce qu'elle faisait ici, ou qui elle côtoyait, elle répondit d'une voix doucereuse en prenant soin d'avoir un ton neutre.

- Ne t'inquiète pas, je serai parfaite, à ton image. Accorde-moi encore quelques jours pour tout régler ici.

Fanfan et Mistral se tenaient à ses pieds la regardant avec adoration, elle écoutait d'une oreille distraite Ethan, et n'avait qu'une hâte, celle de raccrocher au plus vite. Heureusement il reçut un double appel et la quitta rapidement.

- Ouf ! dit-elle en se baissant pour caresser ses deux petits compagnons.

- Non mes bébés, je ne vous abandonnerai pas, vous êtes ma famille. Je crois qu'il va falloir que je mette de l'ordre dans ma vie, une bonne fois pour toute.

Elle se releva, et aperçut Samuel qui l'observait. Il était appuyé contre le chambranle de la porte de la bibliothèque, il avait les bras croisés et semblait satisfait de ce qu'il venait d'entendre.

- Et si nous allions enfin découvrir ce fameux projet CHIMÙ, dit-il en lui ouvrant la porte.

Elle le rejoignit en souriant, elle allait peut-être enfin comprendre ce qui avait bien pu se passer.

# CHAPITRE 7

Samuel prit place au bout de la table, et Marie et Jeannine s'installèrent à ses côtés, elles se faisaient face. Il les regarda avec gravité, avant de reporter son attention sur le dossier posé devant lui. Il mit ses deux mains, doigts écartés dessus.

- Nous avons peut-être là, la raison pour laquelle Pierre a été tué, la dernière preuve.

- Alors qu'est-ce qu'on attend, s'empressa de répliquer Jeannine avec impatience.

Marie elle, se mordillait les lèvres, se sentant au bord du malaise. Qui avait pu commettre un crime aussi odieux et pourquoi ? Ce fichu dossier allait-il lui apporter toutes les réponses ?

Samuel l'ouvrit avec délicatesse soulevant chaque feuille, chaque document. Il les regarda plusieurs fois une par une, puis poussa un cri de désespoir.

- Rien ! Il n'y a rien ! La preuve n'est pas là.

- Il l'a peut-être rangée ailleurs ? Suggéra timidement Marie.

- Existe-t-elle vraiment cette preuve ? L'interrogea Jeannine.

Samuel se leva, d'un air furieux.

- Bien sûr qu'elle existe ! Et non je ne pense pas qu'il l'aurait mise ailleurs, mais bon sang ! Qu'en a –t-il fait ?

- Et tout ça c'est quoi ? Demanda Jeannine en mettant sa main sur les documents et une série de photos.

- C'est le dossier que nous avons minutieusement monté avec Pierre, tout est là ! Dit-il en se laissant retomber lourdement sur sa chaise.

- Et si vous commenciez par nous expliquer votre fameuse théorie ? L'interrogea Marie en croisant ses mains sous son menton.

- Il les regarda attentivement, puis secoua la tête.

- Vous ne me croirez jamais. Il faut garder l'esprit ouvert, cela va vous paraître si... insensé.

- Alors pour être ouverte, je le suis totalement, répliqua Jeanine en souriant. On vous écoute Samuel, vous nous avez fait assez languir.

Il émit un petit claquement de langue, avant de se décider.

- D'abord avez-vous trouvé la bonne question à poser ?

- Oh ! » Boudiou » voilà qu'il recommence, c'est une obsession son truc, je me demande s'il ne s'est pas échappé de MONTFAVET.

Marie ne put retenir un petit rire.

- C'est quoi ça, MONTFAVET ? Interrogea Samuel, en plissant les yeux.

- Il y a là-bas un grand hôpital psychiatrique, vous comprenez ?

Il eut un petit sourire en coin.

- Je reconnais que cela peut paraître fou ! Mais tout est parti d'une réflexion que se faisait Pierre.

- Laquelle ? Le coupa Marie dévorée de curiosité.

- Il disait que les gens ne se posaient pas la bonne question. Vous vous souvenez de mon exemple avec la catastrophe de Beyrouth, on aurait pu choisir un autre drame. À chaque fois, on se demande, quel est le nombre de victimes, ce qui a pu se passer, et surtout *QUI* a fait ça. C'est la même chose pour ce virus.

- Et alors on avait répondu, répondit Jeannine, on a parlé du Congolin.

- Pangolin ! Reprirent en chœur Marie et Samuel.

- Oui, oh là là ! C'est pareil.

- Non ! Ça c'était l'explication dans l'urgence, mais je parle des vrais coupables.

- Les vrais coupables ? Reprit Marie avec étonnement.

- Bien sûr ! Réfléchissez, voilà que le monde entier se met à dépenser des milliards sans compter, que l'économie mondiale est au plus mal, et aucun gouvernement ne s'inquiète de savoir *QUI* est derrière tout ça.

- Il y a eu des enquêtes notamment aux USA, fit remarquer Jeannine.

- Oh ! Rien de bien approfondi, juste pour calmer les plus curieux.

- Et vous pensez à quoi ? Parce que là, on est en plein dans les thèses complotistes, se moqua Jeannine en faisant de gros yeux.

- Si complotiste signifie se poser des questions, alors j'en suis peut-être un, mais plus sérieusement, vous connaissez quelqu'un qui dépenserait autant d'argent sans se poser de questions ?

- Où voulez-vous en venir ? L'interrogea Marie. Papy ne s'intéressait pas à la politique.

- Non ! C'est vrai vous avez raison, dit-il en la regardant avec attention, mais cette question l'obsédait, et quand je lui ai parlé du dossier CHIMÙ et qu'il a commencé à faire des recherches, il a fait le lien.

- Le lien ? Quel lien ce dossier peut-il avoir avec une pandémie mondiale ? Le coupa Marie de plus en plus intriguée.

- Il faut faire un peu d'histoire, CHIMÙ c'est...

- On sait ce que c'est, avoua avec fierté Jeannine. En fait, c'étaient de grands malades, des « tarés » si vous voulez mon avis, mais cela n'engage que moi. Tous ces pauvres enfants massacrés par leurs élites.

- Je vois que vous avez travaillé le sujet avec application.

- Pour qui nous prenez-vous ? Ironisa Jeannine, en lui faisant une grimace.

Marie elle fronçait les sourcils, pressentant un danger.

- Quel est ce lien Samuel ?

- La régulation de la population pour préserver sa survie. D'où le nom de ce projet, CHIMÙ.

- Attendez ! Vous ne pensez tout de même pas, que cette pandémie est...

- D'origine humaine, et fait partie d'un vaste complot, dans le but ultime d'éviter la surpopulation.

- Vous êtes complètement fou ! Affirma Marie en se levant, mais Samuel mit sa main sur son poignet pour la retenir.

- Attendez s'il vous plaît ! Je vous l'ai dit, il faut garder l'esprit ouvert.

Marie ne savait plus que croire, et ne voyait toujours pas le rapport avec son papy, mais docilement elle reprit sa place.

- Quand Pierre a découvert l'histoire de ce peuple, il a fait un rapprochement avec le travail de Sarah. Il s'est souvenu d'un article lu bien des années auparavant, dans le plus grand journal de référence dans le monde. Nous l'avons retrouvé.

Il étala sur la table une photocopie du fameux article publié dans ce quotidien si célèbre.

- Oh ! Mais c'est très réputé, ils ne sont pas connus pour des scoops scandaleux, mais ils sont plutôt remarqués pour la qualité de leurs articles, surtout dans le domaine économique, précisa Jeannine.

- Exactement ! Votre grand-père était proche de par sa passion pour la nature, des partis portés sur l'écologie, et là justement une de leurs représentantes avait écrit ceci en deux-mille-dix, retenez bien la date elle a son importance.

Les deux femmes hochèrent la tête.

- Elle cite un rapport de l'UNFPA le fonds des Nations Unies pour la population qui date de deux- mille-neuf et qui avait pour but d'analyser l'accroissement de la population mondiale et ses conséquences. Il a été présenté lors de la conférence de COPENHAGUE, le dix-huit novembre de la même année. Ce document explique que le réchauffement planétaire ne pourra être endigué que par une réduction massive de la population mondiale. On parle de l'UNFPA ! Vous commencez à voir le lien avec CHIMÙ.

- Mais c'est impossible, vous vous rendez compte de ce que vous insinuez ? S'insurgea Marie, choquée par ses propos.

- Oui ! Et pourtant elle continue dans son article en indiquant, qu'un autre rapport élaboré par une ONG Britannique, très connue affirmait que le moyen le moins coûteux pour résoudre le problème du réchauffement planétaire serait de réduire la population mondiale de cinq cent millions d'individus d'ici deux-mille-cinquante. Or, les prévisions prévoient que nous serons à ce moment-là plus de neuf milliards. Pour une bonne gestion des ressources, l'idéal serait une population de six milliards, il fallait donc trouver le moyen d'éliminer en fait plutôt... trois milliards de personnes.

- Trois milliards !! Ils mettent vraiment le mot « éliminer » dans cet article ? S'insurgea Jeannine en pointant le document du bout de son index.

Samuel hocha gravement la tête.

- Réduire, éliminer les termes sont très précis et la problématique très claire.

- Mais c'est diabolique !

- Oui l'OPT, l'Optimum Population Trust, estime même qu'il faudrait la réduire à cinq milliards pour satisfaire à tous nos besoins. On sait qu'il y aura des conflits pour l'or bleu.

- L'or bleu ? C'est quoi ça ? Demanda Jeannine en fronçant les sourcils.

- L'eau ! Indiqua Samuel avec fougue. On ne peut pas vivre sans elle, et on observe déjà des tensions dans les pays du Proche-Orient, cela va aller en empirant. L'UNICEF estime que plus de deux milliards de personnes n'ont pas accès à l'eau potable, soit trente pour cent de la population mondiale, vous imaginez ! Après les batailles autour de l'or Noir, le pétrole, nous allons vers la guerre de l'or bleu ! Ce manque d'eau provoquera un conflit mondial, c'est l'enjeu principal des prochaines années.

Marie se laissa retomber en arrière sur sa chaise, effarée par ce qu'elle venait d'entendre.

- Vous aviez découvert autre chose ?

- Nous avons commencé à faire des recherches plus approfondies, à nous intéresser à tous les articles jugés subversifs, sulfureux, et nous avons trouvé des choses surprenantes. Par exemple ce milliardaire si célèbre, dit-il en mettant une photo devant elles.

- Oh oui ! Je le connais bien, affirma Jeannine toute joyeuse en pointant son doigt sur son portrait.

- Il est connu pour sa philanthropie, c'est un homme généreux, affirma Marie.

- Oui, mais en deux-mille-dix, il a participé à une conférence dans laquelle, il a précisé que l'une des clés de la réduction des niveaux de la population mondiale, serait de libérer des virus afin d'y introduire plus tard des vaccins brevetés.

- Oh ! Le » fada », s'écria Jeannine outrée, ne me dites pas que ce crétin serait responsable de tout ça ?

- Il a démenti cela, fit remarquer Marie, il a affirmé que ses propos avaient été détournés, sortis de leur contexte. J'avais déjà entendu parler de cette fameuse théorie.

- Effectivement, il est revenu sur l'interprétation de son discours, précisant qu'il voulait juste faire comprendre que dans les pays pauvres le fait d'avoir des vaccins, rassureraient les populations qui auraient ainsi moins d'enfants, mais cela fait polémique.

Marie hocha la tête satisfaite de le voir revenir à la raison. Samuel se pencha vers elle.

- Savez-vous qu'on affirme qu'il tient l'OMS dans sa poche?

- C'est un philanthrope, c'est normal, il donne des sommes colossales pour la santé, répondit-elle avec conviction.

- À tel point, qu'ils lui mangent dans la main, ils lui sont redevables. Le plus surprenant c'est que dès deux-mille-quinze il a demandé au laboratoire FULMORT de travailler sur des souches de ce virus, afin d'élaborer un vaccin, étonnant n'est-ce pas ? C'est fou ce que le monde est petit. On sait que les hommes d'état ont été approchés pour les inciter à prendre des mesures afin d'aider à la stabilisation de la population mondiale, continua Samuel avec enthousiasme.

- Mais c'est totalement fou ! Et quel rapport avec papy ? Vous vous rendez compte de ce que cette pandémie a coûté à tous ces dirigeants.

- Rien ! À côté de ce que cela coûtera en deux-mille-cinquante. Les conséquences seront catastrophiques et pourraient être dramatiques pour la survie de l'espèce humaine. Ils ont eu droit à une projection de notre futur si nous n'intervenions pas, et croyez-moi, c'est terrifiant.

- Mais enfin ! Vous ne voulez tout de même pas dire qu'ils ont voulu nous tuer ? S'insurgea Jeannine.

- Bien sûr que non ! Le but est de limiter la population, pas de l'éradiquer. Pierre ne trouvait pas cela si insensé, réfléchissez un peu. Dans le temps il y avait une régulation naturelle, entre les guerres fréquentes et les épidémies. Le taux de la population augmentait doucement, mais depuis quelques années avec les progrès de la médecine, il y a moins de mortalité infantile, et les gens vivent plus vieux.

- De là, à envisager qu'ils aient pu en arriver à organiser un tel scénario, je... j'avoue Samuel avoir du mal à y croire.

- Qui d'après vous gouverne le monde ? Insista-t-il.

- Chaque pays est indépendant, rétorqua Marie avec conviction.

- Erreur ! Le monde est dirigé par une poignée de milliardaires. Ils sont devenus si riches, qu'ils dominent dans tous les domaines, leurs intérêts sont mondiaux.

- Ils n'auraient quand même pas été jusque-là, intervint Marie.

- Quand un homme est capable d'aller dans l'espace juste pour s'amuser, dites-moi quelles sont ses limites ? Même les programmes spatiaux dépendent d'eux.

- Oh ! « Boudiou » voilà qu'il me donne la migraine, murmura Jeannine en se tenant la tête.

- Supposons que tout cela soit un vaste complot. Attention ! Je n'ai pas dit que j'y croyais, mais alors que viendrait faire papy dedans ?

- Nous avons commencé à collecter des informations. On s'est rendu compte qu'un nom revenait souvent, celui de Nikos STAVROPOULOS, dit-il en posant sa photo devant elles.

- C'est qui celui-là ? S'enquit Jeannine.

- Un homme d'affaires d'origine grecque, comme son nom l'indique. Il était présent lors de la conférence de COPENHAGUE. On le retrouve aussi très souvent lors de diners officiels organisés par des gouvernements.

- Pourquoi en êtes-vous venus à vous intéresser à lui ? Demanda Marie.

- Une information discrètement apparue dans les médias a attiré notre attention, il est passé devant une commission aux USA fin juin. On l'interrogeait au sujet de ses liens avec le fameux laboratoire accusé d'être à l'origine de la pandémie. Il leur aurait demandé de faire des recherches sur une souche de ce virus plus agressive pour l'homme. Nikos STAVROPOULOS a nié avoir travaillé avec eux, mais ils ont retrouvé des transactions financières prouvant le contraire.

- Et alors ? Il a avoué ? Et personne ne s'est inquiété des raisons pour lesquelles il voulait rendre ce virus plus dangereux ? Ils n'ont pas cherché dans quel but ? Demanda Marie, intriguée par cet individu.

- Non ! Hélas, ils l'ont relâché, l'enquête ne faisait que commencer.

- Bon ! Nous verrons donc ce qu'ils vont en conclure, précisa Marie.

Samuel fit une petite grimace en penchant la tête.

- Cela m'étonnerait ! On a retrouvé l'homme pendu chez lui.

- Pen...pendu, murmura Jeannine, effarée par cette nouvelle, tandis que Marie gardait la bouche grande ouverte.

- Oui, c'est surprenant, comme tous ceux qui approchent, ou sont concernés par ce dossier finissent par mourir, fit remarquer Samuel.

- Que savez-vous d'autres ? Insista Marie de plus en plus intriguée.

- On cherchait le lien entre la société SORPHOS qui appartenait à cet homme et notre fameux milliardaire. C'est très difficile à établir, car ces hommes possèdent chacun une multitude d'entreprises, tout devient opaque. C'est nébuleux. Imaginez un peu une toile d'araignée, chaque fil est relié à un autre qui est relié lui-même à un autre et ainsi de suite. Au final, on ne sait plus qui appartient à qui, mais leur pouvoir s'étend comme cette toile d'araignée. Ils ne connaissent pas les frontières, ils infiltrent les organisations mondiales, et finissent par régner en maître sur le monde. Ils dirigent les médias, le commerce, le monde de la médecine et j'en passe.

- J'ai du mal à imaginer qu'un groupuscule d'hommes hyper-riches puisse envisager un tel scénario, il faut être... machiavélique.

- Rappelez-vous la citation de Machiavel « Celui qui contrôle la peur des gens devient le maître de leurs âmes ». Quoi de plus effrayant qu'une pandémie ? Pour survivre certains vendraient leur père et leur mère, piétineraient leurs voisins.

- Vous pensez donc à... une organisation secrète, murmura Marie effrayée par la tournure des évènements.

Samuel se contenta de hocher la tête avec gravité.

Fanfan se mit à gémir, réclamant de l'attention, et Marie se pencha pour le caresser, tandis que Mistral sautait sur ses genoux pour se mettre en boule, en ronronnant.

- Ils vous sentent stressée, observa Samuel en mettant sa main sur celle de Marie. Je suis désolé vous avez déjà eu beaucoup à encaisser avec la mort, de Pierre, la mise en scène de son suicide et voilà que je vous perturbe un peu plus. Au fait qu'en pense la police de cette mort ?

Marie lui raconta son entrevue déplorable, et sa déception.

- Vous n'avez pas trouvé surprenant que la police veuille classer cette affaire si rapidement ?

En voyant Marie hocher la tête, il poursuivit.

- Leur pouvoir est immense, illimité, c'est effrayant. On ne peut se fier à personne et Pierre en avait bien conscience.

Jeannine qui était restée étrangement silencieuse, observa les photos éparpillées sur la table, elle se mit à les étudier avec attention. Elle s'empara de l'une d'entre elles, qu'elle brandît fièrement.

- D'où vient celle-ci ? Demanda-t-elle avec empressement.

On y voyait Nikos STAVROPOULOS à la sortie de la commission d'enquête. Il mettait la main devant son visage pour éviter les flashs des journalistes.

- Elle a été publiée dans un éditorial, c'est à la fin de son interrogatoire.

- Regardez bien son poignet ! Insista Jeannine.

Marie se pencha un peu plus pour l'observer avec attention.

- Rien ne vous choque ? Interrogea Jeannine.

Samuel se frotta le menton, en faisant un signe négatif de la tête.

- J'ai vu récemment un film d'espionnage, tous ceux qui faisaient partie d'une organisation secrète avaient un tatouage, c'était un signe de reconnaissance. Il s'agissait en l'occurrence de trois petits points. Là, regardez son poignet on y voit un petit soleil. C'est bien le symbole des…

- Incas ! L'interrompit Samuel avec enthousiasme, mais c'est un peu gros non ?

- Et pourquoi pas ? Ils ont un égo surdimensionné, et ne craignent personne. Jeannine a peut-être trouvé un indice précieux pour les identifier, murmura Marie avec conviction.

Ils se jetèrent tous sur les photos à la recherche d'un tatouage, mais hélas aucune ne permettait d'apercevoir leurs poignets.

- Bravo ! Jeannine, je tenterai de trouver de nouvelles images, en recherchant ce détail, précisa Samuel.

- Ça sert parfois d'être accro à la télé, fit remarquer Jeannine en souriant.

Marie, gardait les yeux fixés sur le portrait de cet homme.

- On est en pleine thèse complotiste, mais comment j'ai pu vous laisser m'entraîner dans tout ça ? S'interrogea-t-elle en montrant de la main tous les documents étalés devant eux. Cet homme fait du bien, dit-elle en pointant du doigt le milliardaire philanthrope.

- Oui c'est vrai, mais cela reste avant tout un homme d'affaires. S'il vous faut une autre preuve sachez que les dirigeants de FULMORT ont acheté massivement des actions il y a cinq ans, et elles ont été revendues le jour de la mise sur le marché du vaccin, ils ont gagné des sommes indécentes. Croyez-vous que ce soit là, le comportement de personnes désintéressées qui pensent au bien-être de l'humanité ? Ce virus a fait le malheur de certains, mais la fortune de beaucoup d'autres.

- Mais, il existe bien les gendarmes de la bourse, du moins un truc similaire ?  Ils ont dû être inquiétés non ? Demanda Marie.

- Justement ils ont conclu que cela n'était que le hasard.

- Comment ça le hasard ? S'indigna Jeannine.

- En bourse vous pouvez fixer à l'avance un prix de vente pour vos actions, et quand elles atteignent ce montant, elles sont automatiquement mises sur le marché. Ils ont prétendu que c'est ce qui c'était passé.

- C'est possible, je dirais même logique, affirma Marie.

Samuel grimaça.

- Pas, si le prix fixé pour la vente est exorbitant, irréel. Si haut, qu'il ne pouvait être prévisible à moins de...

- Savoir à l'avance que le cours allait s'envoler, l'interrompit Jeannine. Ce qui a été le cas avec l'annonce mondiale de ce vaccin.

- Exactement ! On a atteint ce jour-là des sommets à la bourse. Donc les autorités ont conclu que ce n'était qu'un énorme coup de chance, le fruit du hasard. Vous ne trouvez pas qu'il y a un peu trop de coïncidences dans cette histoire ?

- Normalement un laboratoire est là pour aider les gens, les soigner, s'insurgea Jeannine, outrée par un tel comportement.

- Oh ! Mais ils le font, ils vous soignent, précisa Samuel pour la rassurer.

- Dieu merci ! J'allais perdre mes dernières illusions, murmura-t-elle.

- Le but d'un laboratoire n'est pas de vous laisser mourir, surtout pas, indiqua Samuel.

- Encore heureux ! S'écria Jeannine.

- Mais... il ne cherche pas forcément non plus à vous guérir, termina-t-il d'une voix ferme.

- Quoi ! Hurlèrent les deux femmes en chœur.

- Réfléchissez un peu, que vous mouriez ou que vous guérissiez, dans les deux cas, les laboratoires perdent une cliente. Leur but inavoué, est de faire de vous une patiente dépendante d'un médicament, vous devenez une rente régulière si vous me permettez ce terme.

- Alors là ! Vous exagérez Samuel, lui reprocha Marie en soupirant d'exaspération.

- En êtes-vous si sûre ? Combien de personnes dans votre entourage vont tous les mois chez leur médecin pour renouveler une prescription ? Vous savez un laboratoire est avant tout une entreprise privée avec des actionnaires, ce n'est pas une œuvre de charité, le but est de faire du chiffre, du bénéfice. Bien sûr, il ne faut pas généraliser, beaucoup ont encore une éthique morale, et heureusement, mais nous avons tous en tête des scandales sanitaires impliquant des laboratoires, ce n'est pas nouveau hélas ! Je pourrais vous en citer plusieurs.

Marie se mordilla les lèvres en hochant doucement la tête.

- Oui, certaines affaires ont même fait la une des journaux, mais de là, à en conclure que...

- À une échelle plus grande, les enjeux sont colossaux, et n'oubliez pas qu'ils ont agi probablement ainsi pour sauver l'humanité d'une fin annoncée, ils se croient investis d'une mission noble et louable qui consiste à sauver l'espèce humaine.

- Ce sont des « jobastres » ! S'indigna Jeannine, quand je pense au nombre de morts dans le monde, on doit frôler les sept millions. En plus c'est ridicule, on est loin d'atteindre les trois milliards espérés, car quoi qu'on en pense, ce vaccin permet de limiter les décès.

- Exact ! Même s'il ne semble pas agir comme prévu sur les variants. En fait Pierre avait une théorie.

- Décidément j'ai dû mal à reconnaître mon papy. Cet homme paisible qui se contentait d'apprécier le lever du soleil, de respirer l'air embaumé des senteurs de la terre, fit remarquer tristement Marie.

- Car ce sujet lui tenait à cœur, il disait qu'ils avaient voulu jouer aux apprentis sorciers, que c'était scandaleux. Pierre n'avait jamais adhéré à cette théorie de la surpopulation et de la catastrophe annoncée dans ce fameux journal. Pour lui, notre monde allait évoluer naturellement. Les gens feraient moins d'enfants, recherchant une qualité de vie pour eux-mêmes. Il était persuadé que nous saurions nous adapter à ces changements, il comptait sur l'ingéniosité et l'instinct de survie de l'être humain.

- Là ! Je reconnais mon papy, il avait foi en l'humain, même si celui-ci le décevait parfois.

- En tout cas, je trouve cela scandaleux, s'insurgea Jeannine. Tous ces bien-pensants cherchent toujours à vivre plus longtemps, prennent soin de leur petite personne, mais là ! Ils n'ont pas hésité à sacrifier les plus fragiles qui sont tombés en premier.

- Justement ! La fameuse théorie de Pierre, venait d'un fait entendu dans les médias. On venait d'apprendre que deux chercheurs travaillant dans ce laboratoire sur le virus, seraient tombés malades. Ils auraient été transportés à l'hôpital et de là, le virus se serait répandu malgré eux. Il s'agit bien d'une erreur humaine. Pierre pensait que le vaccin n'était pas encore au point, que cet « incident » aurait tout précipité. Le but n'était peut-être pas d'éliminer les plus faibles d'entre nous. Ils ont été dépassés par la situation, et comme il mute très vite, ils ont du mal à le maîtriser, il échappe à tout contrôle.

- Attendez ! Si le but n'était pas d'éliminer les plus faibles, quel serait donc leur plan machiavélique ? Demanda Marie en plissant les yeux.

- Le vaccin ! Précisa Samuel. Des chercheurs pensent qu'une protéine entrant dans sa composition, en attaquerait une autre nécessaire à la formation du placenta.

- Oh ! Mais ils éradiqueraient l'humanité toute entière, s'écria Jeannine.

- Non ! Pas du tout, ils ne veulent pas stériliser, mais diminuer la fertilité. Avoir un enfant deviendrait plus difficile, mais pas impossible.

- Oh là, oh là ! Je vous arrête de suite, bien sûr je me suis renseignée avant de me faire vacciner, et les plus grands gynécologues français, prétendent que c'est improbable.

Samuel agita son index sous le nez de Marie.

- Improbable, ne veut pas dire impossible, et ils ont précisé que nous ne le saurons que dans environ deux ans.

- Oh ! Mon Dieu je l'ai échappée belle, affirma Jeannine en mettant ses mains sur ses joues.

Marie ne put s'empêcher de rire.

- Tu as largement passé l'âge d'avoir des enfants.

- Peut-être, mais ce n'est pas une raison. Samuel, tout ce que vous venez de nous dire, est incroyable, je ne sais plus que croire. Je ne savais pas que notre planète allait si mal, que la surpopulation la mettait en danger.

Il hocha la tête avec gravité.

- Leur but est dans un sens louable. Ils veulent protéger notre monde, tel que nous l'avons toujours connu.

- Mais pas en décidant pour les autres de leur avenir, s'insurgea Marie avec passion. Ils n'avaient pas le droit d'agir ainsi. Quand je pense à toutes ces pauvres victimes. Je ne comprends pas comment papy a pu se retrouver au cœur d'un tel complot, au point qu'on ait décidé de l'éliminer, qui ? Et pourquoi ?

- Il voulait profiter de sa semaine à Paris, lors de sa visite chez vous, pour reprendre contact avec ses amis journalistes. Peut-être s'est-il confié à la mauvaise personne.

Le visage de Marie fut empreint d'une profonde tristesse.

- Il aurait dû m'en parler, j'aurais pu l'aider, ou ...le dissuader. Il ne méritait pas de finir ainsi.

Marie se leva brusquement faisant bondir Mistral de ses genoux.

- Je dois prendre l'air, tout ça, c'est... perturbant. Je ne m'attendais pas à ça.

Jeannine, et Samuel échangèrent un regard de compassion, la regardant s'éloigner, les épaules basses.

- Pauvre « pitchounette » cela fait beaucoup à encaisser. Franchement j'étais loin d'imaginer un tel scénario catastrophe. Surtout ici, on vit si paisiblement, bien loin de toutes ces cachotteries, ces complots. Quand je pense qu'ils se sont pris pour le bon Dieu, cela me révolte.

- Oui mais pour élucider le meurtre de Pierre, il faut retrouver la dernière preuve. Où a-t-il bien pu la cacher ?

Jeannine haussa les épaules, avant d'ouvrir la bouche en grand.

- Et s'il l'avait laissée à Paris, chez Marie ? Ou dans sa librairie ? Car si elle était ici, il l'aurait mise avec le dossier, il était pragmatique et très ordonné.

Samuel se leva brusquement.

- Je dois encore parler à Marie, vous avez raison Jeannine.

- Oh ! Allez-y mollo, vous l'avez assez secouée. Vous êtes comme le Mistral, vous connaissez le dicton ?

Samuel haussa les sourcils, la dévisageant avec attention.

- « Le vent du Nord troue la peau et la chemise ». Eh bien ! Vous ! Vous venez de terrasser nos illusions, notre vision du monde. On se sent complètement KO après vos révélations. La surpopulation ! L'existence d'un complot mondial ! Un virus qui échappe à tout contrôle. Vous n'y allez pas de main morte, comme on dit. Même-moi, j'ai du mal à réaliser.

Il grimaça, puis s'empara des mains de Jeannine.

- Je m'y suis mal pris c'est vrai, mais comment expliquer un scénario aussi dingue ? Je vais la retrouver, et je vais tenter de la rassurer.

- Vous ne savez même pas, dans quelle direction elle est partie ?

- Je sais où elle se trouve. À l'endroit préféré de papy.

Il se leva brusquement et se mit à courir. Jeannine regarda tour à tour Fanfan et Mistral.

- Je l'aime bien celui-là, il change de l'autre. Et je ne sais pas vous, mais j'ai l'impression qu'il en pince pour notre petite Marie.

Mistral sauta sur la table venant se frotter contre le visage de Jeannine qui se mit à rire, tandis que Fanfan aboyait joyeusement.

- Oui je sais, vous aussi vous ne l'aimez pas cet Ethan avec ses grands airs, il se croit si supérieur aux autres, comme disait ma grand-mère « Le cul du berger sentira toujours le thym ». Il peut jouer au grand monsieur, il ne vaut pas mieux que nous, n'est-ce pas mes bébés ? Bon ! Ça va, j'ai compris je vais vous donner vos friandises.

# CHAPITRE 8

Samuel grimpa la colline rapidement. Il s'arrêta à proximité du point de vue, et observa Marie un long moment. Elle se tenait légèrement penchée en avant, ses longs cheveux blonds, gris cendré pendaient de chaque côté de son visage, elle semblait accablée. Marie quitta ses lunettes pour essuyer ses yeux, et il grimaça. Quel abruti ! Se morigéna-t-il, il l'avait peinée, peut-être aurait-il dû attendre un peu avant de lui faire toutes ces révélations, mais il devait trouver rapidement le coupable.

Pierre disait toujours que Marie avait une force de caractère incroyable. C'est fou ! Pensa-t-il, car à travers les anecdotes de son vieil ami, il avait commencé à tisser un lien avec cette inconnue. Sans s'en rendre compte, il avait appris à la connaître et à l'apprécier, et la première fois qu'il l'avait vue, c'est son regard, qui l'avait touché en plein cœur. Marie avait des yeux magnifiques d'un beau marron foncé, qui devenaient noir comme la nuit, sous le coup d'une émotion. Pierre les comparait à des billes. À ce souvenir, Samuel eut un triste petit sourire, comme il lui manquait.

Marie sembla percevoir sa présence, elle releva la tête et le fixa silencieusement. Une fois de plus son regard le troubla, il y avait tant de douceur. Il y voyait le reflet de son âme tendre, et confiante, mais il y discerna aussi une tristesse infinie, un désarroi qui lui déchira le cœur.

- Vous m'avez fait peur, dit-elle en mettant sa main sur sa poitrine. Comment saviez-vous que je serai-là ?

Samuel éclata de rire, avant de prendre place à ses côtés.

- C'est le banc de Freud, vous avez oublié ? Il n'y a pas meilleur endroit pour réfléchir, faire le point. Mais, peut-être désirez-vous être seule ?

- Non ! S'empressa-t-elle de répondre en mettant sa main sur la sienne, restez ! Je broie du noir.

- Avec de si jolis yeux c'est criminel. J'ai l'impression de me perdre dans votre regard, d'être entraîné dans un voyage mystérieux qui me conduit jusqu'à votre âme.

Marie se mordilla la lèvre, gênée par ses remarques. Elle voulut retirer sa main, mais il la pressa un peu plus fort.

- Vous ne devriez pas dire de telles choses, ce n'est pas... correct, je suis presque mariée, précisa-t-elle en remettant ses lunettes.

- Un mot fait toute la différence, « presque », vous le savez bien, et j'ai la conviction profonde que vous doutiez de votre engagement avant même de venir ici, ai-je tort ?

Marie fronça les sourcils, une ride verticale apparut sur son front, il brûlait de la faire disparaître en posant son doigt dessus, mais la toucher, serait bien trop dangereux. Cette femme l'attirait terriblement.

- Non ! C'est vrai, mais je crois qu'il faut d'abord résoudre cette enquête. Je veux savoir qui a tué papy, il doit payer pour ça ! Conclut-elle avec détermination

Son beau regard s'assombrit, jetant des éclairs de colère.

- Ensuite, je mettrai de l'ordre dans ma vie, affirma-t-elle avec conviction.

Marie prit une grande respiration.

- Il y a une semaine, mon existence me semblait si paisible, mon futur si évident, et là tout à coup c'est le chaos complet. Je me sens perdue, triste à en mourir, déboussolée, et toutes vos théories, sont déstabilisantes. Je ne sais plus quoi penser.

Samuel de son pouce caressa le dos de sa main, qu'il tenait toujours dans la sienne. Il voulait lui insuffler sa force. Il comprenait très bien son ressenti, il avait fait le même cheminement.

- Il faut procéder par étape, Marie. D'abord accepter le décès de Pierre, ce n'est pas évident. Certains jours, son absence sera si douloureuse que la douleur vous pliera en deux, les larmes couleront longtemps. C'est parfois un détail anodin qui déclenchera votre chagrin. Pour moi, c'était une silhouette dans la rue, une couleur, un parfum, un éclat de rire. J'avais l'impression de la retrouver, de la croiser et cela faisait... très mal, avoua-t-il avec émotion. On prend alors conscience du manque, du vide abyssal que l'on a en nous. Il faut accepter de vivre avec.

Marie l'écoutait avec attention, hochant la tête doucement.

- Ensuite, et c'est peut-être une chance, nous avons cette enquête à mener.

- Une chance ! S'insurgea-t-elle.

- Oui, cela peut paraître difficile à croire, mais en reprenant l'enquête de Pierre, nous allons achever son travail, et en plus découvrir son criminel. Cela va occuper votre esprit, et les jours passeront doucement, apaisant votre chagrin.

Il poussa un long soupir.

- Dans les moments les plus difficiles, lors d'épreuves terribles, on doit occuper son esprit ou ses mains. C'est je crois ce qui m'a manqué après le décès de Sarah. Je tournais en rond chez moi, le chagrin me rongeait. C'est un monstre affamé, qui se nourrit de votre peine, il grandit en vous. Au fil des jours on dépérit, on sombre. C'est ce que j'ai fait.

- Oooh ! Ce ne serait pas une des fameuses petites leçons de mon grand-père, on m'a déjà dit quelque chose d'approchant, affirma-t-elle avec un doux sourire sur le visage.

Samuel opina de la tête.

- Il comprenait si bien l'âme humaine. Il m'a tant appris en si peu de temps.

Il se frotta les yeux, comme pour en chasser de tristes images.

- Quand je suis arrivé ici, j'étais une loque, c'est Pierre qui m'a aidé à remonter la pente. Il m'a insufflé son énergie, et il m'a entraîné dans cette enquête. Chaque jour cela m'aidait à guérir, à prendre du recul. Oui, ma vie comme la vôtre a changé, mais il faut l'accepter et en voir le bon côté. Peut-être que c'est une nouvelle étape de votre existence qui commence, et elle vous réservera probablement de très belles choses.

Marie ne le quittait pas des yeux, il semblait perdu dans ses souvenirs.

- Un matin je me suis réveillé, avec l'impression d'être différent. J'ai admiré le lever du soleil sur les collines, je me suis senti plus léger, la boule qui m'oppressait en permanence avait disparu, j'étais un nouvel homme. Sarah je l'ai aimée, même si je suis persuadé que nous nous serions séparés, nous avons quand même partagé de beaux moments. J'ai compris les raisons de sa mort, et c'est pour elle, que je voulais aller au bout de cette enquête, je le lui dois bien.

Marie pencha la tête pour capter son regard, il était si sombre qu'il en devenait lumineux, semblant l'hypnotiser.

- J'ai si mal, je me sens perdue.

Il repoussa une longue mèche derrière son épaule.

- C'est normal, vous l'aimiez, mais vous êtes forte, Pierre me le répétait souvent, et vous n'êtes pas seule, je suis à vos côtés. D'ailleurs j'ai besoin de votre aide.

- Pour faire quoi ?

- Nous devons trouver cette fameuse preuve !

- Vous y croyez sincèrement à ce complot mondial ? Je l'avoue cela me dépasse. C'est inconcevable, que des pays acceptent de sacrifier une partie de leur population.

- Justement, cela s'est fait lors d'une réunion regroupant les pays les plus puissants, ils ont compris leur intérêt commun. Vous savez, si on regarde notre histoire, tous les gouvernants ont déclaré des guerres soit pour un bout de terre, soit pour la richesse d'un sous-sol, soit pour des avantages commerciaux. À chaque fois, ils ont sacrifié volontairement une partie de leur jeunesse qui partait au combat. À leur échelle, nous ne sommes que des pions sur l'échiquier des puissants de ce monde. Pierre me parlait aussi du scandale du sang contaminé dans les années mille-neuf-cent-quatre-vingt-cinq, là aussi, il y eut de nombreuses victimes, et un laboratoire était au cœur de la polémique. Vous voyez ils ne sont pas tous si vertueux.

- Oui mais quand même, c'est si ... fou !

- Démontrons-le ! Nous devons retrouver cette preuve. Essayez de vous rappeler de sa dernière visite, il est resté une semaine, a-t-il rencontré quelqu'un en particulier ?

Marie fit une petite grimace essayant de se souvenir du moindre de ses déplacements.

- Généralement quand il venait nous voir, il reprenait contact avec Martine, elle présentait l'émission avec lui, c'est une amie fidèle, elle était d'ailleurs à son enterrement. Puis, il en profitait pour revoir tous ses amis. En fait, il ne restait pas toute la journée à mes côtés. Il allait et venait à sa guise, et me retrouvait plusieurs fois par jour à la librairie.

Samuel écouta attentivement, il semblait contrarié.

- Donc, il a très bien pu rencontrer n'importe qui, sans que vous soyez au courant ?

- Oui probablement, vu qu'il ne m'a même pas parlé de CHIMÙ, je suppose qu'il a gardé certaines rencontres secrètes.

- Et cette Martine, elle en sait peut-être un peu plus. Vous pouvez la contacter ?

- Oui, je peux lui téléphoner, elle me dira si papy était contrarié par quelque chose.

- Non ! Pas de téléphone, vous devez bien retourner sur Paris prochainement ?

Marie se contenta d'acquiescer.

- Parfait ! Vous demanderez à la rencontrer, et vous l'interrogerez, mais attention Marie, dit-il avec gravité. Soyez très prudente, nous ne savons pas à qui nous fier. N'oublions pas qu'une personne a trahi la confiance de Pierre et provoqué sa mort. Vous ne devrez pas dévoiler nos découvertes, juste tenter d'en apprendre plus sur sa dernière visite.

Marie pinça ses lèvres, mais afficha une détermination sans faille pour aller au bout de cette enquête. Samuel jura, et se leva s'approchant dangereusement du bord du précipice, Marie retint son souffle.

- Je n'ai pas le droit de vous demander ça. Pierre serait furieux que je vous mette en danger, murmura-t-il en lui tournant le dos. Il gardait son regard fixé sur l'horizon, prenant de grandes respirations.

Le vol d'un épervier capta son attention, il semblait si libre si insouciant. Il déployait ses ailes dans un ciel bleu azur, Marie le suivit des yeux avec envie. Ce lieu respirait la sérénité, la paix, et pourtant le monde changeait, sans qu'on en prenne conscience.

Elle s'approcha doucement, et mit sa main sur son épaule.

- Éloignez-vous de ce bord, vous me rendez nerveuse, j'ai le vertige. Samuel vous le savez, c'est important de retracer tout le parcours de mon grand-père. Il a trouvé sa fameuse preuve lors de son séjour chez nous. Sa voix s'éteignit sur le dernier mot qui lui écorcha la gorge.

Elle avait du mal à admettre son lieu de vie comme sa maison. Son vrai foyer était ici, au cœur de cette Provence qu'elle aimait tant. Paris l'avait fascinée, c'était une ville magique, vibrante, mais elle ne s'y était jamais sentie à sa place. Pour plaire à Ethan, elle avait fait de gros efforts, gommant la personne qu'elle était, essayant de correspondre à ses désirs, mais cela l'étouffait de plus en plus. La folle passion des premiers mois, les sentiments qu'elle portait à Ethan, s'étaient érodés au fil du temps. Marie le voyait tel qu'il était vraiment, un être égoïste qui ne pensait qu'à lui, qu'à son image, incapable de la réconforter dans les moments difficiles, ou même juste d'être présent à ses côtés. Elle lui en voulait terriblement de son comportement lors des funérailles de Pierre, cela avait sonné le glas de leur relation.

Samuel se retourna brusquement, emprisonnant ses mains dans les siennes, son regard reflétait toute son angoisse.

- J'ai perdu trop d'êtres auxquels je tenais, à cause de ce projet CHIMÙ, je ne... Il se racla la gorge. Je ne supporte pas l'idée qu'il puisse  vous arriver quelque chose.

Le temps sembla suspendre son vol autour d'eux, Marie n'était consciente que de la profondeur de son regard, elle voyait la crispation de sa mâchoire. Il pencha la tête comme pour l'embrasser, mais elle fit un pas en arrière.

- Non Samuel, je ne peux pas, tout va trop vite. Je...

- Je suis stupide, la coupa-t-il, excusez-moi, je ne sais pas ce qui m'a pris.

Il baissa la tête, honteux de son comportement.

Marie qui était bien plus petite, s'approcha et leva la sienne juste sous son menton, recherchant un contact visuel.

- Non, vous ne l'êtes pas, c'est juste que je me dois de mettre de l'ordre dans ma vie, tout est devenu si compliqué depuis quelques jours. Je ne sais plus ce que je ressens, ce que je veux vraiment. J'ai l'impression que mon monde ne tourne plus rond.

Il mit ses mains sur ses épaules qu'il caressa tendrement.

- J'ai connu ça, c'est déstabilisant, il faut du temps. Tu as raison, dit-il en la tutoyant pour la première fois.

Le cœur de Marie fit une embardée, tout allait si vite, mais étonnamment, c'est auprès de Samuel qu'elle se sentait bien, il la comprenait d'un regard. Il se saisit de sa main, et la tira doucement vers le sentier.

- Rentrons ! Jeannine va se demander ce que nous faisons. Déjà qu'elle me prend pour un sale complotiste, je ne voudrais pas qu'elle rajoute un autre nom, ou adjectif peu glorieux à mon CV, dit-il en lui souriant.

Marie éclata de rire.

- Oh ! Elle t'aime bien.

- À quoi vois-tu ça ? L'interrogea-t-il, intrigué.

- Premièrement, tu n'es pas blond.

Samuel s'esclaffa.

- Je ne savais pas qu'un tel critère était si important.

- Aux yeux de Jeannine oh oui ! Son ex-mari était blond, et Ethan aussi, elle ne l'a jamais apprécié.

- Alors oui ! Je confirme c'est un critère essentiel. Et quel est donc le deuxième indice ?

- Elle t'a préparé pour midi, sa fameuse ratatouille, c'est un honneur, crois-moi.

Joyeusement Samuel se pencha et l'embrassa sur la joue.

- Moi aussi je l'aime bien, elle a une nature franche et directe. De toute façon, je pense que s'il elle ne m'appréciait pas, elle me le dirait.

- Ou alors elle te préparerait tout ce que tu détestes le plus, c'est ce qu'elle fait avec ce pauvre Ethan.

Samuel pouffa de rire.

En approchant de la Bastide, ils aperçurent Jeannine tranquillement installée sur un fauteuil près de la porte, avec Mistral lové en boule sur ses genoux. Fanfan se précipita vers eux, en aboyant joyeusement.

Marie vit Jeannine fixer leurs mains unies, elle voulut lâcher celle de Samuel, mais il la pressa un peu plus fort.

- J'ai l'impression que tout va bien entre vous, affirma sa vieille amie. Même, mieux que bien !

Samuel regarda avec tendresse Marie.

- Nous avons pu parler avec sincérité, tu es d'accord avec moi Marie ?

- Ah ! Vous vous tutoyez maintenant ? Releva Jeannine avec malice.

Samuel éclata de rire, il se sentait si joyeux auprès d'elles.

- Je me suis trahi, quel idiot ! Mais c'est plus simple pour mener notre enquête, tutoyons-nous !

- Si tu le dis ! Affirma Jeannine en lui faisant un clin d'œil. Bon ! Maintenant, venez tous les deux, il est l'heure de goûter ma ratatouille, vous m'en direz des nouvelles, conclut-elle en se levant pour se diriger vers la cuisine.

Les jours suivants, une certaine routine s'installa. Marie et Samuel devenaient inséparables, et Jeannine les observait d'un œil attendri. Ils firent de grandes randonnées dans la colline, avec Fanfan et Mistral pour compagnons.

Samuel leur confia un matin avoir pris contact sur le Dark Web avec des lanceurs d'alerte, il les tenait au courant de leurs découvertes.

- Ce n'est pas interdit ? L'interrogea Marie avec inquiétude.

- Non ! Tout dépend des sites sur lesquels tu vas. Bon ! Je reconnais c'est limite, mais ces gens-là savent comment gérer les informations pour les diffuser à un maximum de personnes. Nous ne pouvons-nous fier à personne.

- J'ai l'impression de devenir une espionne. Si on m'avait dit que je deviendrais à mon tour une complotiste alors là, je ne l'aurais pas cru, affirma Jeannine en pouffant de rire. J'entendais des théories loufoques, qu'avec ce vaccin il nous pousserait une seconde tête, ou un sixième doigt, mais ça ! Je n'en reviens toujours pas.

- De nos jours, une information se diffuse très rapidement et échappe à tout contrôle grâce aux réseaux sociaux. On trouve de tout, le pire comme le meilleur. Il faut savoir faire le tri, faire preuve de discernement. Toutefois, parmi ce flux de renseignements, il y a toujours une part de vérité. Souvenez-vous au tout début, qui a annoncé qu'il ne s'agissait pas d'une contamination provoquée par un Pangolin mais bien d'une fuite d'un laboratoire ? Et là encore, certains criaient déjà au complot.

- C'est vrai, confirma Marie, je l'ai appris sur le net.

- Les médias ont relayé cette info bien après, lorsque cela a fait le buzz sur le net. En ce qui concerne les théories les plus absurdes, il s'agit probablement d'une stratégie.

- Que veux-tu dire ? L'interrogea Jeannine.

- Pour discréditer ceux qui s'interrogeraient un peu trop, on glisse des infos ridicules, on les fait passer pour ce qu'il y a de pire, des racistes, des complotistes, des terroristes, on les accuse même de contaminer les autres. Le but est de retourner la population contre eux, et ça marche. Il suffit de voir les commentaires enflammés sur le net, certains seraient prêts à les dénoncer.

- Oui c'est honteux de monter les gens les uns contre les autres. Cette division, me rend malade, murmura tristement Marie.

- Ils ont bafoué l'éthique de la science.

- Comment ça ? Demanda Jeannine.

- Le principe de la science, c'est d'explorer en permanence de nouvelles pistes, de démontrer que ce que l'on approuvait hier, n'est plus d'actualité, aujourd'hui. La science doit se remettre en question en permanence. Elle n'est pas figée dans le marbre, elle évolue à chaque instant. Ne jamais considérer comme acquis les savoirs d'hier, mais aller de l'avant. Le doute est essentiel, on doit accepter le fait qu'on puisse se tromper. On doit explorer les différentes hypothèses, alors que dans cette pandémie, celui qui pense différemment est coupable, on le condamne, ce n'est pas normal. L'égo n'a pas sa place dans la science, celui qui reste buté sur ses théories commet une grave erreur. Voilà, toute la complexité de la science.

Elles approuvèrent en hochant la tête, au même moment, la sonnerie du téléphone retentit. Marie fit la moue en constatant qu'il s'agissait d'Ethan, ce dernier insista pour qu'elle rentre rapidement, il lui avait même réservé une place sur un vol le lendemain matin, soi-disant pour lui faciliter la tâche. Cette démarche fit grincer des dents Marie.

Elle ne supportait plus sa façon de diriger sa vie, d'imposer ses choix, elle raccrocha un peu brutalement l'appareil.

En retournant dans le salon, elle expliqua la situation à ses deux compères. Samuel la regarda gravement.

- Je devrais me réjouir, cela permettra de faire avancer notre enquête, mais...

Marie mit son index sur ses lèvres pour l'interrompre.

- J'irai voir Martine, et je me renseignerai. Sans ces infos, nous ne découvrirons jamais quelle était la preuve découverte par papy.

Le regard inquiet de Samuel la rassura.

- Oh ! Mais je n'aime pas l'idée de te savoir seule là-bas. Ces gens sont très dangereux, Samuel nous l'a bien dit, et si je t'accompagnais ? Proposa Jeannine en la regardant anxieusement.

- Non ! Je ne veux pas t'entraîner plus dans cette histoire, et puis si tu venais Ethan se demanderait pourquoi tu es venue, et je ne préfère pas attirer son attention.

- Ah oui ! C'est vrai je l'avais oublié celui-là, maugréa Jeannine en grimaçant. Comme c'est dommage, j'aurais pu demander à Nicole de s'occuper de Fanfan et de Mistral. Sans compter que j'en aurais profité pour voir de beaux magasins, je n'ai plus rien à me mettre, gémit-elle d'un air désespéré.

Marie regarda la nouvelle robe vert pâle de son amie, et éclata de rire.

- Tu as le plus grand dressing que je connaisse.

- Oui ! Et alors ? On n'en n'a jamais assez, et puis il faut prendre soin de soi, c'est important, affirma-t-elle en tapotant le carré impeccable de sa coupe de cheveux, tu sais qu'on me donne dix ans de moins.

Marie pouffa de rire, devant la coquetterie de son amie.

- Bon excusez-moi mesdames, de vous interrompre dans cette discussion Ô combien importante, mais... Marie, avant que tu partes, j'aimerais te montrer quelque chose. Serais-tu libre pour m'accompagner cet après-midi ?

Marie intriguée fronça les sourcils.

- Tu veux que je vienne avec toi ? Oui bien sûr, mais où ?

- C'est une surprise, tiens-toi prête, et mets un jean ce sera plus pratique.

Les deux femmes se regardèrent interloquées, et Samuel en profita pour se retirer en riant.

- Je me demande ce qu'il veut me montrer ? Murmura Marie, les yeux pétillants d'impatience. Elle ne voulait pas penser au lendemain, à son prochain retour sur Paris, elle avait le cœur lourd, et aucune envie de repartir. Elle n'aimait pas l'affrontement, mais il était temps d'avoir une discussion avec Ethan, de plus elle avait une mission à accomplir.

En début d'après-midi ce fut le bruit d'une moto qui attira les deux femmes sous le porche. Samuel sur une grosse cylindrée lui fit signe de s'approcher. Il lui tendit un casque.

- J'ai pensé que tu aurais besoin de te détendre avant de nous quitter. J'espère que tu n'as rien contre une petite virée en moto.

Marie n'en revenait pas, décidément cet homme la comprenait parfaitement. Elle avait toujours rêvé d'en faire, mais papy trouvait cela trop dangereux. Samuel allait réaliser un de ses rêves.

Il vérifia l'attache de son casque, lui remit un blouson et la laissa prendre place derrière lui. Il fit vrombir le moteur sous les applaudissements de Jeannine.

Marie ne put retenir un petit cri en sentant la puissance du moteur, elle se pressa un peu plus contre Samuel, ce contact la grisa. C'était incroyable, elle faisait corps avec lui. Au premier virage elle ne put s'empêcher de fermer les yeux, mais Samuel conduisait en douceur. Elle commença à se détendre et apprécia le paysage, tout semblait nouveau. Ils empruntèrent un chemin de terre et Samuel dut ralentir, elle regarda autour d'elle. Au loin, elle aperçut une maison basse, Samuel s'arrêta juste devant.

- Oh ! C'est l'ancienne maison de monsieur SAULIN, je suis déjà venue ici.

- Oui j'ai racheté ses terres, et ses vignes, dit-il en faisant un grand geste de la main. Ses enfants vivent en ville, aucun n'a voulu reprendre l'activité.

Marie descendit de la moto et détacha son casque.

- Et toi tu veux en faire quoi ? Demanda-t-elle avec curiosité, le cœur battant. C'était la première fois qu'elle osait l'interroger sur son avenir, elle avait tellement peur de l'entendre lui annoncer qu'il retournait aux USA.

Après avoir posé son casque sur une petite table, il prit le sien et en fit de même, puis se saisit de ses deux mains pour l'approcher tout contre lui.

- Je veux faire ma vie ici, sur cette terre. Pierre m'a appris à l'aimer, à la regarder telle qu'il la voyait. Mes grands-parents avaient des vignes dans le Var et ils m'avaient enseigné ce métier, qui est plus une passion.

Samuel soupira tristement.

- Ils espéraient peut-être que je reprendrais l'affaire, mais mes parents se sont installés aux USA et à la mort de mes grands-parents tout a été vendu. Maintenant je m'en veux.

- Mais pourquoi ?

- Comme les enfants de monsieur SAULIN j'ai tourné le dos à mon héritage, pensant que ma vie en ville était l'avenir, là où il fallait être pour réussir son existence. Je croyais qu'il était indispensable de posséder une belle maison, très grande de préférence, pour imposer son statut. Avoir un super boulot et une belle compagne pour sublimer le tout, et sans oublier que de nos jours il faut aussi s'entourer de technologies de pointes. Au final, ce monde virtuel nous isole de plus en plus, nous ne savons plus communiquer avec les autres. Nous ne prenons plus le temps d'apprécier un coucher de soleil, un sourire, de profiter juste du temps qui passe, jouir de la vie tout simplement. C'est tout ça que Pierre m'a aidé à redécouvrir, cette connexion avec la nature. On croit que la réussite c'est d'avoir un compte en banque bien garni, de posséder beaucoup de choses, mais au final tout ça, c'est superficiel.

Samuel prit une grande respiration, dans sa voix on ressentait toute son émotion.

- Je crois qu'avant de rencontrer Pierre je ne savais pas ce qu'était un vrai ami, une personne à qui on peut tout confier, même ses pensées intimes. Avec Sarah nous n'échangions pas autant, c'est fou !

Pourtant nous vivions ensemble, elle aurait dû être la personne la plus proche et tu le sais on ne communiquait pas. La preuve je n'avais pas saisi l'importance de sa peur, de ses angoisses. Je ne savais pas écouter, ça aussi c'est Pierre qui me l'a appris.

Marie hocha la tête doucement. En fait elle en était venue aux mêmes conclusions. La vie auprès d'Ethan lui offrait tout le confort, mais elle n'était pas heureuse, elle s'était illusionnée si longtemps. Son monde l'avait fascinée, un peu comme lorsqu'on admire la devanture d'une bijouterie. Cela scintille, on a envie de tout essayer, d'être une autre, juste pour un instant. Qui n'a jamais souhaité ressembler à ces femmes si élégantes que l'on voit dans les magazines ? Et puis on réalise qu'on peut très bien vivre sans, qu'ils ne servent qu'à donner une belle image de soi, de la réussite, mais cette vision de nous, c'est juste pour en imposer aux autres. Derrière cette apparence se cache la vraie personne. Marie éblouie par cet univers s'était perdue au fil du temps, avant de réaliser que cela lui pesait de plus en plus. Les valeurs inculquées par papy pendant son enfance, n'avaient pas disparu, elle les avait juste enfouies au plus profond d'elle-même. Alors, elle comprenait parfaitement le ressenti de Samuel.

Il pencha sa tête et posa son front contre le sien.

- Je sais que tout va trop vite, mais peut-être que lorsqu'on a tout perdu, on comprend que le temps est précieux, et quand le bonheur se présente on doit s'y accrocher.

Marie voulut parler, mais il lui mit l'index sur ses lèvres si douces.

- Chuuut ! Je sais, c'est trop tôt, et nous devons élucider ce crime, mais j'ai peur… peur de te perdre, de te mettre en danger. S'il devait t'arriver quoi que ce soit… je m'en voudrais, je…

- Eh ! Que veux-tu qu'il m'arrive ? Murmura-t-elle avec conviction pour le rassurer.

- Ces gens sont ignobles, ils n'ont aucun respect pour la vie, ils éliminent tous ceux qui se trouvent sur leur chemin.

- Je te téléphonerai tous les soirs, pour te tenir au courant de mes découvertes.

Samuel fronça les sourcils.

- Surtout pas ! Ils sont dangereux, quoi que tu découvres, n'en parle à personne, garde ça pour toi et reviens ici le plus vite possible.

Marie pouffa de rire.

- Tu ne crois pas que tu exagères un peu, j'ai l'impression qu'on vire parano.

Samuel l'observa un long moment le visage grave.

- Non ! Si la mort de Sarah et de Pierre sont liées alors non ! Nous ne sommes pas paranos. Je t'en prie Marie, la prudence sera ta seule alliée dans tes investigations. Je suis sérieux, ne te confie pas à Martine ou à quiconque. Je pense que c'est la raison de la mort de Pierre, il ne s'est pas assez méfié, il a parlé à la mauvaise personne. Il ne pouvait pas imaginer jusqu'où ces gens seraient capables d'aller pour protéger leur conspiration.

Marie frissonna, Samuel avait raison, la prudence s'imposait, même Ethan ne devrait rien savoir de son enquête, de ses doutes. De toute façon, il ne la croirait jamais, et ils avaient d'autres problèmes à régler. Elle hocha la tête et passa sa paume sur la joue de Samuel pour l'apaiser.

- Bon ! Et si tu me faisais visiter ton domaine avant de repartir ?

Samuel sembla se dérider, un instant ses yeux d'obsidienne la transpercèrent, avant de se détourner pour lui montrer la petite maison.

- Elle est bien trop petite, les pièces sont minuscules, mais c'est le paysage qui m'a fait craquer. Je vais faire de gros travaux d'agrandissement. Tu sais qu'en empruntant ce sentier, dit-il en pointant son index vers un petit chemin de terre serpentant dans la garrigue, j'arrive de l'autre côté de la colline, juste près du banc de Freud.

- Oui je le connais, on passait par là pour venir rendre visite au vieux monsieur SAULIN, il avait aussi quelques bêtes et faisait son propre fromage de chèvre et crois-moi, c'était une tuerie.

- Ah ! Je ne savais pas, je croyais qu'il ne travaillait que les vignes.

- Eh oui ! Mon cher tu es un « fourestié ».

- Un quoi ?

- Tu es un étranger, tu ne connais pas tout ici, dit-elle en riant. Il te faudrait une bonne amie pour t'indiquer tous les secrets du coin.

- Tu penses à qui ? Demanda-t-il les yeux pétillants de malice.

- Jeannine peut-être ? C'est une vraie « bazarette », une pipelette mais avec un cœur immense, si tu préfères, et comme elle t'aime énormément, elle te révèlera bien des trésors cachés.

- Et toi tu m'aimes comment ? Insista-t-il en se saisissant de sa main pour la presser contre lui.

Marie déglutit avec peine.

- Bien trop, de plus en plus mon cher voisin, avoua-t-elle timidement.

Il éclata de rire, puis se pencha vers elle en l'attirant doucement et pour la première fois, l'embrassa. Au contact de ses lèvres, Marie sentit le sol s'ouvrir sous ses pieds. Oh ! Ethan était expert, il lui avait tout appris, mais même au plus fort de la passion il aimait diriger, c'était plus fort que lui, c'était dans sa nature. Avec Samuel c'était différent et … grisant, il se faisait hésitant, tendre, charmeur. Il demandait, sans imposer, il la laissait choisir, c'était un partage, une connexion sensuelle. Enhardie par son attitude, elle se lova un peu plus contre lui et se laissa emporter dans l'extase, s'enivrant de son goût de son odeur. Elle se recula doucement, ébahie par cette expérience.

- C'est…

- Je sais, reconnut-il d'une voix enrouée, tu dois mettre de l'ordre dans ta vie, je dois me montrer patient.

Marie en pouffant de rire, lui caressa tendrement la joue.

- Non j'allais dire, c'est magique, je n'ai jamais ressenti autant d'émotions, mais tu as raison de me le rappeler, je dois profiter de mon voyage pour m'expliquer avec… Ethan.

Samuel l'enveloppa d'un regard énamouré, ses yeux brillaient d'un feu intense. Il lui saisit la main.

- Viens ! Je te raccompagne avant de commettre l'irréparable.

Les joues cramoisies, Marie remit son casque. Elle profita du trajet pour s'appuyer un peu plus, contre son dos, l'enlacer tendrement. Elle revivait en boucle leur baiser et ferma les yeux pour revivre encore et encore cette scène torride, elle ne prêta aucune attention au paysage, elle connaissait maintenant sa saveur et devenait accro à son contact.

Lorsqu'ils arrivèrent devant la Bastide de papy, il mit pied à terre, défit le casque de Marie, son regard avait une gravité inhabituelle.

- Marie je vais te laisser, mais avant promets-moi de ne pas te mettre en danger, pose tes questions discrètement, et si tu trouves quelque chose, tu reviens immédiatement. Ne prends pas contact avec nous cela pourrait être dangereux, on ne sait jamais, mieux vaut être prudent.

- D'a... d'accord, répliqua-t-elle surprise par ce changement de comportement, le Samuel tendre, et passionné avait totalement disparu.

Jeannine qui venait d'apparaître sous le porche les héla.

- Alors cette petite virée ? Vous vous êtes bien amusés ?

Marie la regarda, troublée, ne sachant quoi répondre. Samuel fit un signe de main vers Jeannine avant de retourner vers sa moto. Dépitée, Marie se dirigea vers Jeannine, quand une main se saisit brusquement de son bras la faisant pivoter. Il s'empara de ses lèvres avec passion avant de la relâcher brusquement. Médusée Marie regarda la moto rugir et disparaître sur le chemin.

- Eh bien ! J'ai ma réponse, s'écria joyeusement Jeannine à ses côtés. Ses yeux verts pétillaient de bonheur.

- Oh ! Je... tout... enfin je ne sais plus où j'en suis, tout va trop vite. Ma vie est devenue un super huit lancé à pleine vitesse.

- Au moins tu te sens vivante, c'est ça qui compte. Auprès de ton Ethan, on te voyait t'éteindre à petit feu, là, tu rayonnes. Ton regard de biche est plus radieux, tu as pris un joli hâle, et ce teint de papier mâché à faire peur que tu avais, a disparu, même tes cheveux s'illuminent. Au final, tu es comme le tournesol, tu as besoin du soleil du midi pour t'épanouir.

- Je ne te savais pas aussi poétique, se moqua gentiment Marie en souriant.

- Et... il embrasse bien notre chevalier des temps modernes ?

- À... la perfection, avoua Marie avant de se ressaisir, rouge de honte. Oh ! Ne dis rien, d'ailleurs tu n'en sauras pas plus, c'est juste un... bon ami.

- Eh bien ! À la ville, on a une drôle de façon de se saluer entre amis, ricana Jeannine. Et les gestes barrières alors ? On les oublie ?

Marie éclata de rire.

La soirée se passa doucement, Marie écoutait d'une oreille distraite les recommandations de Jeannine qui s'inquiétait pour elle. Fanfan et Mistral semblaient avoir compris l'imminence de son départ et ne la quittaient pas d'une semelle.

Elle poussa un long soupir.

- Écoute, je sais bien que Samuel a dit d'éviter tout contact, mais si tu crains pour ta vie, tu reviens immédiatement, laisse tomber cette enquête, Marie. Pierre n'aurait jamais voulu que l'on te mette en danger.

Marie mit sa main sur l'épaule de son amie.

- Je veux retrouver le coupable, il paiera pour ça.

Marie voulait se montrer forte, mais elle était partagée, l'angoisse la gagnait, qu'allait-elle découvrir à Paris ? D'un autre côté elle se sentait soutenue par Jeannine et... Samuel. Ce dernier avait pris tellement d'importance dans sa vie en si peu de temps. Tout cela semblait si irréel, peut-être n'était-ce qu'un rêve ? Elle allait se réveiller et découvrir que tout ça n'existait pas. Tout à coup, une violente douleur du côté du cœur lui rappela la réalité, oui papy était bien mort ! Elle décida de se coucher de bonne heure, même si la nuit allait lui paraître bien longue.

# CHAPITRE 9

Durant tout le vol, Marie pensa à sa prochaine rupture avec Ethan, une question la taraudait, et l'angoissait terriblement, comment lui annoncer cette séparation ? Quelle serait la meilleure façon de procéder ? Existait-il une méthode douce pour amortir le choc, ne pas blesser ? Sa plus grande appréhension était de savoir surtout quelle serait sa réaction. Elle ne doutait pas de son amour pour elle, et Marie sentit son cœur battre de plus en plus fort, en imaginant la scène. Oh ! Il n'y aurait pas de cris, de coups, Ethan était bien trop éduqué pour ça, mais ses longs silences glacials la déstabilisaient. Face à lui on ne savait pas toujours quelle attitude adopter. Marie poussa un long soupir de désespoir, et son voisin la regarda avec attention.

- Ne vous inquiétez pas, c'est votre premier vol ?

Gênée Marie opina doucement de la tête, elle préférait mentir, n'ayant aucune envie de parler avec un inconnu. L'homme lui sourit gentiment derrière son masque, il se pencha et sortit de son sac un petit recueil, « Choisis ta vie pour être heureux ». Marie ne put s'empêcher de pouffer de rire.

- Non ! Lisez-le, c'est un cadeau, insista son voisin. Je viens de le terminer et croyez-moi, on se sent plus zen après, on comprend le sens de la vie.

Marie le remercia, quelle gentille attention, pensa-t-elle, avant de réaliser qu'elle devait donner une piètre image d'elle-même, il fallait qu'elle se ressaisisse, sinon Ethan ne ferait qu'une bouchée d'elle et de soin désir de le quitter.

Elle allait devoir en premier, l'affronter et s'il sentait la moindre faiblesse chez-elle, il ferait tout pour la manipuler, l'obliger à renoncer, la persuader de repousser sa décision de mettre fin à leur relation. Ensuite, elle avait cette enquête à mener, et là encore Marie allait devoir faire preuve de détachement ne pas montrer ses angoisses, ses peurs. Elle se saisit du recueil et pour faire plaisir à son voisin, commença à le lire. Très rapidement elle fut captivée. L'auteur expliquait que dans la vie, il y avait les choix imposés par notre éducation, mais que le bonheur résidait surtout dans ceux que nous devions faire dans notre propre intérêt. Souvent par facilité, on pouvait être tenté de se laisser voguer dans une direction qui ne nous correspondait pas, qu'il était au contraire très important même si c'était douloureux, de déterminer ce que nous désirions vraiment. Que le bonheur, c'était aussi et surtout d'être honnête avec soi-même. Être capable de rompre les amarres, de se mettre en danger pour obtenir la vie que nous souhaitions. Elle se tourna vers son voisin et le remercia avec enthousiasme.

- Vous voyez je vous l'ai dit. C'est ma femme qui l'a glissé dans mon sac lors de mon départ. On me proposait un poste plus intéressant sur la côte d'Azur, mais ma famille, mes amis, sont sur Paris. Alors bien sûr, tout le monde rêve d'un travail au soleil mieux payé, mais au final, ce n'est pas ce que je désire, et grâce à ce petit recueil, je l'ai compris. Je vais demander à mon patron, une augmentation et l'informer de ma volonté de rester sur Paris.

- Bravo ! Je vous souhaite de réussir, c'est courageux d'aller au bout de son rêve.

- Et vous ? L'interrogea-t-il à son tour.

- Oh ! Euh ! C'est plutôt dans le sens inverse, mon cœur est au Sud, en Provence, je viens de réaliser que mes attaches sont profondes. Comme vous, j'ai besoin d'être proche de ceux que j'aime. Je dois mettre de l'ordre dans ma vie, car le bonheur se mérite, et surtout je ne veux plus laisser les autres décider à ma place.

- Exactement ! Approuva son voisin avant de se replonger dans sa lecture.

Marie se sentait apaisée pour la première fois depuis le début de ce vol. Au fond de son cœur, elle savait ce qu'elle devait faire. Le premier pas serait le plus difficile, mais il marquerait le départ de sa nouvelle vie. Elle se devait d'être honnête avec elle-même.

À son arrivée, Marie se précipita pour récupérer son bagage. Elle se saisit de sa valise et au moment où elle se redressait, une main se posa sur son épaule la faisant sursauter. C'était Ethan !

- T... Toi, mais que fais-tu là ? Tu devrais être au travail ?

- Je voulais venir t'accueillir, j'ai... l'impression qu'il y a de la distance entre nous depuis le décès de ton grand-père. Bon ! C'est vrai, je l'avoue, j'étais stressé, fatigué et je n'ai sûrement pas été à la hauteur. J'espère que tu me pardonneras, implora-t-il en plongeant son regard gris acier dans le sien. Avant de se pencher pour l'embrasser.

Marie embarrassée par ces effusions en public, qui ne ressemblaient pas à Ethan, détourna légèrement la tête et lui offrit sa joue. Elle l'entendit soupirer discrètement. Il se redressa et s'empara de sa valise. Son voisin de vol qui avait dû assister à la scène s'approcha d'un pas hésitant.

- Bonne chance pour le futur.

Puis l'homme s'éloigna, Marie vit une femme se précipiter dans ses bras. Leur bonheur faisait plaisir à voir.

- Qui c'est celui-là ? L'interrogea Ethan d'une voix dure.

- Juste un compagnon de voyage, il m'a offert un petit recueil, pour me déstresser.

- Pff ! Encore un bouquin, comme si tu en manquais, se moqua-t-il, avant de la tirer un peu rudement par le bras.

Marie fulminait, elle attendit d'être dans la voiture, bien à l'abri des regards, maintenant que sa décision était prise, elle avait hâte de l'informer.

- Ethan, je...

Il soupira longuement.

- Non Marie, ce n'est pas le moment.

- Ce n'est jamais le bon moment avec toi, mais ce que je veux te dire, est important, répliqua-t-elle avec fermeté. Je crois que nous devons nous séparer.

Ethan donna un brusque coup de volant, avant de se garer sur le bas-côté de la route. Il l'observa un long moment en silence.

- C'est cette folle de Jeannine, elle t'a monté la tête ? C'est ça ? Écoute Marie nous avons des problèmes, du moins toi, car personnellement notre relation me convient parfaitement, dit-il en enroulant une de ses longues mèches autour de son index. Je te promets de faire des efforts, d'être plus à l'écoute, je t'aime c'est sincère, pour toi je... suis prêt à faire n'importe quoi, même déplacer des montagnes s'il le faut.

Marie l'écoutait, la bouche grande ouverte.

- Ethan tu m'aimes à condition que je me fonde dans le moule que tu as créé pour moi. Je crois que... je ne suis pas celle qu'il te faut. J'ai essayé Ethan, mais ce rôle que tu me réserves, me pèse de plus en plus. Nous évoluons dans des directions opposées.

Il mit sa main sur la sienne.

- Prendre une décision après un tel choc émotionnel n'est jamais bon. Tu es perturbée par la mort de ton grand-père, remettons cette discussion à plus tard. Tu le sais, j'ai une soirée importante demain. Je ne me sens pas d'affronter le regard des autres, de faire bonne figure, avec un cœur brisé, avoua-t-il d'une voix éteinte.

Marie sentit l'air se bloquer dans ses poumons, cet homme si fier, montrait pour la première fois, sa fragilité et cela la déstabilisait. Ethan l'avait toujours bien traitée, elle lui devait au moins ça, mais elle était irritée par sa façon de la remettre à sa place comme une enfant capricieuse, Marie avait voulu mettre les choses au clair rapidement. Elle grimaça, elle avait peut-être été un peu trop directe. Elle soupira, décidément elle détestait ces affrontements, ces conflits.

Elle opina doucement de la tête.

- Excuse-moi, tu as raison ce n'est pas le moment, mais nous aurons cette discussion Ethan.

Heureux d'avoir obtenu un délai, Ethan se renfonça dans son siège, et reprit la route. Marie pesta intérieurement. Il devait se féliciter de cette victoire, s'il croyait avoir eu gain de cause, il commettait là une grosse erreur, car sa détermination n'avait pas faibli.

Leur appartement lui apparut froid, sans chaleur. Ethan n'avait pas voulu qu'elle modifie la décoration réalisée par une professionnelle, arguant que ce lieu devait être à son image. Marie avait donc reporté sur sa librairie, sa passion, des endroits douillets, colorés. Elle avait mis tout son cœur pour l'agencer, et c'était devenu un endroit chaleureux. Elle réalisa tout à coup que depuis le début de leur relation elle avait transposé son refuge, son foyer là-bas. Ce duplex ne représentait rien pour elle, la seule trace de sa présence était son dressing. Même son mug préféré se trouvait à la librairie. Elle tourna la tête vers Ethan qui la fixait.

- Si tu veux tu pourras le décorer, je reconnais qu'il ne te ressemble pas.

Elle soupira tristement.

- Mais ce lieu c'est tout toi Ethan, c'est ça le problème au final. Nous sommes diamétralement opposés.

Elle vit Ethan serrer les mâchoires, il devait réaliser qu'elle ne serait plus aussi malléable, et cela le dérangeait.

- Je vais devoir filer, dit-il en l'observant attentivement. Tu vas travailler à la librairie ?

- Non ! Je crois que je vais m'accorder une petite pause. Je vais faire un tour dans Paris.

Il fronça les sourcils d'un air mécontent.

- Je n'aime pas t'imaginer errant seule dans les rues, dans ton état.

Marie se redressa belliqueuse.

- Quel état Ethan ? Je suis en deuil et effondrée, mais pas malade. Ethan, je sais ce que je dis et je le pense.

Il opina de la tête avant de saisir ses clés posées sur la console. Une fois devant la porte, il pivota et la regarda longuement.

- J'aimerais t'inviter ce soir dans ton restaurant favori à « La petite Italie ».

Marie surprise se rapprocha de lui.

- Pourtant tu ne l'aimes pas, tu dis qu'il n'est pas assez classe, tu préfères la cuisine gastronomique.

Ethan tendit la main et caressa sa joue tendrement.

- Je veux changer pour toi Marie, je veux te prouver que tu es ce que j'ai de plus important dans ma vie, tu es ma priorité, laisse-moi une dernière chance, implora-t-il d'une voix émue.

Le cœur de Marie s'emballa. Elle déglutit avec difficulté en regardant la porte se refermer doucement. Tout était confus dans sa tête, elle détestait faire de la peine aux gens. Ethan elle l'avait aimé, elle savait que cela se conjuguait aujourd'hui au passé, mais il avait été son premier amant, celui qui avait fait d'elle une femme, lui apprenant aussi à évoluer dans le grand monde. Elle ne se sentait pas le droit de lui tourner le dos brutalement, de l'abandonner ainsi. Par égard pour tout ce qu'ils avaient partagé, elle voulait une rupture « propre », qu'il admette que leurs aspirations n'étaient plus les mêmes.

Elle soupira longuement, sa vie était devenue si compliquée.

Elle secoua ses épaules, ce n'était pas le moment de s'apitoyer sur son sort, elle avait une mission à accomplir, d'abord reprendre contact avec Martine, trouver la fameuse preuve de papy et résoudre cette enquête. Ensuite elle ferait entendre raison à Ethan, lui faire admettre qu'ils n'avaient plus rien en commun, qu'ils n'attendaient pas les mêmes choses de la vie, leurs chemins devaient se séparer définitivement.

Martine fut surprise de son appel et l'invita à la rejoindre chez elle, dans son petit pavillon en banlieue.

Marie sentit l'étau se desserrer autour de son cœur, au moins elle avançait dans sa quête. Elle décida de prendre une douche avant de la rejoindre, comme pour se délester de toutes ses tensions.

En arrivant devant la maison de Martine, Marie hésita, comment devait-elle aborder le sujet, sans éveiller ses soupçons ? Samuel lui avait recommandé de ne faire confiance à personne, mais elle connaissait Martine depuis son enfance, c'était difficile d'imaginer qu'elle ait pu jouer un rôle dans la disparition de son grand-père.

Marie n'eut même pas le temps de sonner que le portail s'ouvrit en grand. Une femme aux cheveux roux apparut devant elle. D'habitude, elle l'accueillait avec un immense sourire, aujourd'hui son visage était empreint de tristesse. Martine avait travaillé des années aux côtés de son papy, animant l'émission avec lui. Marie l'avait toujours connue portant des vêtements style hippie chic, très colorés. Elle incarnait la joie de vivre, la bonne humeur, du moins jusqu'à ce jour.

- Je t'attendais avec impatience, précisa Martine en la pressant sur son cœur. Comment vas-tu ?

Marie sentit le chagrin l'envahir, déferler en elle comme un tsunami, les larmes ruisselèrent sur ses joues.

- Oh ! Ma petite Marie, c'est normal de pleurer, tu l'aimais tellement, dit-elle en mettant son bras autour de ses épaules. Viens ! Allons sur la terrasse, le jardin était l'endroit préféré de Pierre. Il avait toujours un conseil à me donner sur une plante, comme... Elle dut se racler la gorge. Il me manque tant.

- À moi aussi, murmura doucement Marie en se laissant tomber sur un canapé moelleux d'un bleu ciel éclatant et joyeux, à l'image de Martine.

Cette dernière prit place à ses côtés, et s'empara de sa main qu'elle serra tendrement.

- Je n'arrive toujours pas à croire à ce suicide, cela ne correspond pas à Pierre, et puis il t'aimait tellement. Je ne comprends pas qu'il ait pu t'imposer cela.

Marie se mordilla la lèvre, c'était l'occasion d'aborder le sujet qui lui tenait à cœur.

- Justement, tu … tu es restée pratiquement tout le temps avec lui lors de son dernier séjour, tu n'as rien remarqué de spécial ?

Martine haussa les sourcils, surprise par sa remarque. Flûte elle avait dû mal s'y prendre, Samuel serait furieux, quelle piètre enquêtrice elle faisait.

- Euh ! Pourquoi me demandes-tu cela ?

- C'est que… je me dis… que j'ai dû rater quelque chose, peut-être était-il… dépressif, je m'en veux tellement de n'avoir rien détecté. J'aimerais que tu me racontes en détail ce qu'il a fait, cela m'aiderait peut-être à accepter son… dé…suicide.

- Oh ! Mais surtout ne culpabilise pas, Pierre ne l'aurait jamais voulu. Marie tout ça n'est pas ta faute, je te l'assure, enlève toi tout de suite ces bêtises de la tête.

Martine soupira longuement.

- Mais si cela peut t'aider, je veux bien te résumer sa visite. Tu sais, c'était comme d'habitude.

- Comment ça ?

- Eh bien ! Dès son arrivée, il est venu me voir, nous étions inséparables.

- Je sais il t'aimait beaucoup, il parlait toujours de toi en souriant.

Martine essuya furtivement une larme.

- Justement je voulais te dire, que ce dernier adieu était formidable, discret mais chaleureux, à son image. J'aurais voulu passer plus de temps avec toi, mais je n'arrêtais pas de pleurer et ce n'était sûrement pas ce dont tu avais besoin ce jour-là.

Marie hocha la tête doucement.

- Pour en revenir à sa dernière visite, il n'avait pas l'air contrarié, ni dépressif, surtout pas. Au contraire il était heureux, peut-être un peu... stressé ou plutôt préoccupé, maintenant que j'y pense. Il m'a beaucoup parlé de toi, il était si fier de ton parcours, même si ... je l'avoue il n'appréciait pas trop ton Ethan.

Marie soupira.

- Je sais, il n'approuvait pas mon choix.

- C'est le moins qu'on puisse dire, confirma Martine en faisant une mimique, qui fit pouffer de rire Marie.

- Et il a rencontré d'autres personnes ? Car lorsqu'il n'était pas avec moi, il te rejoignait.

- La bande, comme d'habitude. Tu sais quand Pierre revenait à Paris, tous les copains adoraient rappliquer, on l'aimait tellement. Nous sommes allés au restaurant, et chez des potes, non franchement, rien de spécial.

- Son attitude avait-elle changé ? A-t-il abordé un sujet particulier avec un ancien journaliste par exemple. Je me demande ce qui pouvait le préoccuper à ce point-là ?

- Mais que cherches-tu Marie ? L'interrogea Martine en plissant les yeux.

Marie baissa les yeux, ne voulant rien laisser transparaître.

- Je … je me pose beaucoup de questions. J'ai besoin de comprendre son décès, pour faire mon deuil.

- Oh ! Ma pauvre chérie, perdre un être cher, c'est difficile, mais accepter un suicide c'est pire ! Cela laisse tellement de questions sans réponses, de doutes.  Tu dois, je suppose ressentir de la culpabilité, mais c'est  ridicule Marie. Si Pierre en est arrivé à cette extrémité, c'était son choix, même si j'ai du mal à l'accepter car cela ne lui ressemble pas du tout, cela reste *SA* décision.

Marie hocha la tête, observant Martine qui reporta son attention sur le jardin semblant y chercher l'apaisement. Elle la vit froncer les sourcils et tourner brusquement la tête vers elle.

- Maintenant que j'y pense, il s'est passé un truc étonnant.

- Quoi donc ? La coupa Marie en se redressant brusquement sur le canapé.

- Il a tenu à revoir Jean-Marie, tu te souviens de lui ?

- Jean-Marie le journaliste d'investigation ? Mais ils n'étaient pas si proches. Il t'a dit pourquoi ?

- Non ! C'est ça qui est étrange, il avait du respect pour Jean-Marie, mais effectivement il ne faisait pas partie de notre cercle d'amis. Ce gars est aussi joyeux qu'un croque-mort, parfait pour annoncer des catastrophes aux infos. Il aurait été au paradis avec cette pandémie, il a la tête sinistre de l'emploi. C'est tout le contraire de Pierre, et pourtant il tenait à le rencontrer.

- Tu sais à quel sujet ?

- Justement Pierre n'avait aucun secret pour moi, mais là, il n'a rien voulu me dire. Je sais qu'ils devaient se retrouver le samedi matin chez Jean-Marie.

- Ça c'est bizarre, il est reparti le samedi après-midi et pourtant il ne m'en a pas parlé, et d'ailleurs en y repensant, il n'a pas bougé de la maison ce matin-là.

- Tu en es certaine ? Il me semble bien qu'ils avaient rendez-vous vers dix heures pourtant. Oh ! Ce n'est pas grave, il l'a peut-être eu au téléphone. Je suis idiote de t'inquiéter avec des détails futiles.

- Non au contraire, c'est important de retracer tout le parcours de papy. Tu as les coordonnées de Jean-Marie ?

- Oui bien sûr.

Martine s'empara de son Smartphone faisant défiler ses contacts, Marie s'empressa de noter le numéro, le cœur battant. Elle pressentait qu'elle tenait là un détail important et peut-être l'explication qu'elle cherchait tant.

Elle resta un moment auprès de Martine évoquant de vieux souvenirs, une plaie béante était ouverte dans son cœur, mais étrangement cela lui faisait du bien de se remémorer les temps heureux. Elles déjeunèrent ensemble dans ce jardin que papy avait aidé à créer, puis se quittèrent avec beaucoup d'émotion se promettant de rester en contact.

Marie décida de renter à l'appartement directement. Elle avait hâte de joindre Jean-Marie pour avoir le fin mot de cette histoire. Elle se saisit de son téléphone et se ravisa, craignant un retour inopiné d'Ethan. Il ne comprendrait pas son besoin d'enquêter, et d'ailleurs elle ne tenait pas à se justifier, ils avaient assez de problèmes à régler.

Elle rangea son téléphone dans son sac, et décida de se rendre à la librairie, là elle pourrait l'appeler tranquillement sans craindre d'être dérangée. Marie décida de prendre le métro c'était plus rapide, mais un étrange sentiment s'empara d'elle. L'impression d'être suivie ! Ethan n'aurait quand même pas osé l'espionner ? Il se montrait si protecteur parfois et cela l'irritait de plus en plus. Cela ne serait pas surprenant, il la croyait fragile et faible. D'un pas décidé, elle descendit une station avant son arrêt habituel, juste pour s'en assurer.

Marie marchait d'un bon pas, tentant de repérer dans le reflet des vitrines la silhouette d'une personne suspecte, mais rien ! Pourtant ce sentiment de frayeur grandissait en elle. Tout à coup elle aperçut un homme vêtu d'un sweat noir, une capuche sur la tête, qui semblait regarder dans sa direction. Elle s'arrêta brusquement au milieu de la rue, elle fouilla fébrilement dans son sac, où avait-elle mis sa bombe au poivre ? Quelle idiote ! Pour prendre l'avion elle l'avait laissée à l'appartement lors de son départ précipité pour la Provence avec Ethan.

Elle décida de marcher plus rapidement, sa librairie n'était pas si loin et là, elle se sentirait en sécurité. Arrivée devant la porte, le souffle court, et les jambes flageolantes, Marie chercha ses clés frénétiquement, mais quelle idée de prendre un sac aussi grand, on n'y retrouvait jamais rien. Elle sentait les palpitations de son cœur dans sa gorge, ses mains moites, rendaient ses gestes maladroits.

Était-ce le même individu qui s'en était pris à son grand-père ? Son sang se glaça dans ses veines à cette idée. Elle ouvrit la porte brusquement et la referma aussitôt en prenant appui dessus, essayant de calmer les battements précipités de son cœur. Elle soupira de soulagement en réalisant qu'elle avait réussi à lui échapper. Au même moment une brusque poussée dans son dos, la fit hurler de peur, projetée en avant Marie heurta le comptoir violemment. Elle se saisit de sa plante préférée posée dessus, il s'agissait d'une fougère. Le pot en céramique serait une arme dérisoire, mais elle n'avait rien d'autre sous la main. La peur décupla sa rage, elle pivota, prête à assainir un coup violent à son agresseur, quand elle réalisa que l'homme qui se tenait devant elle, était... Samuel ! Elle en laissa tomber le pot à ses pieds.

- C'était pour moi ? Quel accueil ! S'enquit moqueur Samuel en regardant cette pauvre fougère agonisant au sol.

- Tu es fou ! J'ai failli avoir une attaque, mais que fais-tu là ?

Samuel s'approcha pour l'enlacer, repoussant ses mèches de son visage.

- Je suis désolé, je ne voulais pas t'effrayer, mais une fois rentré chez moi j'ai compris que c'était de la folie que de te laisser affronter cela toute seule, alors nous sommes venus.

- Qui nous ? Demanda Marie toujours en état de choc.

- Moi pardi ! S'écria Jeannine à bout de souffle en poussant la porte d'entrée. Ce fada avait peur de te perdre dans les rues, et toi tu marchais de plus en plus vite. J'ai essayé de vous suivre, mais avec ces talons, c'était mission impossible.

Marie éberluée regarda son amie complètement épuisée par sa course folle.

- Mais quelle idée de mettre des talons aussi hauts ! Précisa Marie, en détaillant Jeannine.

- Pour une fois que j'allais à Paris, je voulais être élégante, mais là ces chaussures sont une torture et puis elles n'ont pas été conçues pour courir un marathon, non mais je te jure ! Quelle idée. J'ai l'impression d'avoir tellement d'ampoules que je pourrais éclairer les Champs-Elysées à Noël.

Marie soulagée de les retrouver, éclata de rire. Elle ferma la porte de sa librairie, et leur fit signe de la suivre à l'arrière de la boutique. Jeannine se laissa tomber lourdement sur le canapé essayant de retrouver son souffle, elle quitta ses chaussures, ses pieds étaient rouges et gonflés. Marie compatissante alla chercher dans la cuisine jouxtant ce petit salon une cuvette d'eau pour la soulager, puis elle s'empressa de ramasser les restes de sa magnifique fougère. Samuel ne prononça pas un mot ne la quittant pas des yeux.

- C'est ma plante préférée, du moins c'est la seule qui arrive à survivre car j'aime surtout les orchidées. Je n'ai pas la main verte, c'était le désespoir de papy, il me l'avait offerte, en m'affirmant qu'elle était increvable.

Samuel s'approcha, la délestant de son fardeau, qu'il déposa dans la petite cuisine. Il revint, la pressa contre son cœur doucement, et la poussa délicatement sur le canapé près de Jeannine, qui trempait ses pieds dans l'eau en soupirant de bonheur.

- Mais que faites-vous là ? Et comment as-tu pu prendre l'avion tu n'as pas ton pass sanitaire Jeannine.

- J'ai dû faire un test, celui qui me l'a fait était un vrai sauvage, quelle brute ! J'ai cru qu'il allait me décrocher le cerveau en passant par le nez. Le pire, c'est qu'il faudra en refaire un au retour. Je vais finir par avoir les narines d'un gorille, tu parles d'un look dévastateur, le mistral va s'engouffrer dedans comme dans un tunnel, cela va me geler mes derniers neurones.

Marie ne put s'empêcher de rire, en voyant la grimace de son amie. Elle était heureuse de les avoir près d'elle. Samuel avait posé sa main sur sa cuisse, qu'il pressait tendrement.

- Tu vas bien ? Demanda-t-il en la dévorant des yeux.

Marie hocha lentement de la tête, elle était émue de voir son inquiétude, son regard d'un noir incandescent exprimait tout son amour. Elle n'avait jamais cru au coup de foudre et pourtant, d'un seul regard il avait chamboulé son monde, bouleversé ses sentiments, ses certitudes, près de lui elle ressentait une paix intérieure.

- Ohé les amoureux ! Ce n'est pas le moment de vous regarder pendant des heures.

Samuel se ressaisit le premier en esquissant un sourire.

- Je ne suis pas passé inaperçu avec elle, quand ils lui ont fait le test, se moqua-t-il en penchant la tête vers Jeannine.

- J'aimerais t'y voir toi ! Après on est tombé sur un pilote, à mon avis il venait d'avoir son permis, c'est la seule explication.

- C'était juste des trous d'air Jeannine, précisa gentiment Samuel.

- Tu parles ! J'ai cru qu'on allait s'écraser, on aurait dit qu'il s'endormait sur la pédale ce crétin, l'avion décrochait. Bref ! Un vrai bonheur ce voyage, conclut-elle moqueuse.

Marie éclata de rire de nouveau, en imaginant cette fine équipe en vadrouille.

- Mais au fait qui s'occupe de Fanfan et Mistral ?

- Oh ! Ne t'inquiète pas, la rassura Jeannine, j'ai un nouveau voisin, trèèèèès charmant.

- À ce point-là, s'enquit Marie en souriant.

- Oh oui ! Il ne cherche qu'à me faire plaisir, il adore les animaux, ils seront gâtés avec lui.

- Mais qui est-ce ? Demanda intriguée Marie.

- Oh ! Ce n'est pas le moment, répondit-elle en faisant un petit geste de la main, comme pour repousser la question à plus tard. Et si tu nous racontais ce que tu as découvert ?

Marie s'empressa de leur faire un résumé de sa visite chez Martine.

- Tu as appelé ce fameux Jean-Marie ? Demanda Samuel en fronçant les sourcils.

- Non ! Justement je comptais le faire ici, tranquillement mais j'ai réalisé que quelqu'un me suivait et vous connaissez la suite.

- Ma pauvre chérie, je ne voulais pas t'effrayer, j'étais terriblement inquiet, dit-il en serrant un peu plus sa main.

- Et si tu l'appelais maintenant, comme ça on saura peut-être ce qu'avait découvert Pierre ? Suggéra Jeannine.

Samuel hocha la tête pour l'encourager à le faire.

Marie sortit son téléphone d'une main tremblante, qu'allait-elle apprendre ?

Après des formules de politesse, des regrets exprimés pour le décès de son grand-père, Marie aborda le sujet qui lui tenait à cœur. Ses amis essayaient de déchiffrer sur son visage ses expressions pour comprendre la situation. Elle raccrocha au bout de quelques minutes, puis laissa sa tête retomber en arrière sur le coussin du canapé, elle poussa un long soupir de désespoir.

- Qu'est-ce qu'il t'a dit ? L'interrogea Samuel avec inquiétude.

- Rien !

- Comment-ça rien ? La coupa Jeannine.

- Mon grand-père avait bien pris rendez-vous avec lui pour le samedi matin, mais il a annulé au dernier moment.

- Mais pourquoi ?  Il savait ce qu'il recherchait ?

- Non ! Papy n'avait rien voulu lui dire au téléphone, il a prétendu que c'était un sujet trop sensible.

- Pff ! On en est au même point, soupira Jeannine d'un air désespéré.

- Pas tout à fait, précisa Samuel en mettant ses deux coudes sur ses cuisses et en croisant ses mains sous son menton. Il se tenait légèrement penché en avant, semblant réfléchir intensément.

- On sait qu'il tenait absolument à le voir. Que s'est-il passé la veille pour qu'il ait annulé son rendez-vous au dernier moment ?  Il pivota la tête vers Marie la scrutant avec attention.

- Mais… rien de spécial je t'assure, nous avions passé la journée du vendredi ensemble à faire les boutiques, il avait dit au revoir à ses amis, je l'avais accompagné. Ensuite, nous avions  une soirée organisée par la société d'Ethan, nous sommes allés à son bureau un peu plus tôt, mais il avait une réunion importante.

- Et alors ? Insista Samuel.

- Et alors rien ! Répliqua Marie. Que veux-tu insinuer Samuel ? Demanda-t-elle sur un ton irrité.

- Je suis... Je suis désolé, c'est juste que... Samuel soupira, il a bien dû se passer quelque chose qui l'a incité à modifier ses plans.

- Non rien ! Je t'assure.

- Peut-être a-t-il rencontré une personne, essaye de te souvenir ? L'interrogea Samuel en se penchant vers elle.

Marie avait beau se creuser la tête, cette soirée lui avait semblé banale, sans intérêt.

- Non ! Je ne vois pas, papy était connu, beaucoup de personnes sont venues le saluer, mais il est resté à mes côtés pratiquement tout le temps. Marie éclata en sanglots. Je suis désolée, j'aimerais tellement comprendre ce qui a pu se passer.

Samuel poussa un juron et mit son bras autour de ses épaules pour la réconforter. Son parfum enivra les sens de Marie, qui se pelotonna un peu plus contre lui.

Jeannine pianota l'accoudoir du canapé de façon frénétique.

- Et Ethan ? Demanda-t-elle en plissant les yeux.

- Quoi Ethan ? Répliqua Marie avec surprise.

- Il travaille dans l'évènementiel, la sécurité. Il approche les grands de ce monde, et si c'était lui ?

- Quoi lui ? Tu crois que papy se serait confié à Ethan, cela m'étonnerait, ils ne s'appréciaient pas du tout.

Samuel se frotta le menton.

- Et si Pierre avait découvert quelque chose le concernant ? Après tout Jeannine a peut-être raison. Il fréquente le milieu des politiciens, des puissants, il voyage à travers le monde entier.

Marie se leva brusquement, furieuse de voir les soupçons de ses amis.

- Vous devenez complètement paranos, Ethan n'a rien à voir avec le décès de papy. Je sais que vous ne l'aimez pas, mais ce n'est pas une raison pour le salir, laissez-le en dehors de cette histoire sordide.

Jeannine et Samuel échangèrent un regard lourd.

- Arrêtez ça tout de suite, vous faites fausse route. Je comprends Samuel que tu ne portes pas Ethan dans ton cœur et toi aussi Jeannine tu ne l'as jamais aimé, mais de là à imaginer qu'il puisse avoir joué un rôle dans la mort de papy c'est... je ne trouve même pas le mot, tellement c'est choquant, indécent.

Jeannine se leva en grimaçant de douleur, elle mit la main sur son épaule.

- Assieds-toi s'il te plait et écoute-nous. Quand on y repense cela n'a rien d'illogique. Pour Pierre la famille était sacrée. Il aura peut être confié à Ethan ses craintes, pour avoir son avis. Ill ne l'aimait pas, mais il l'estimait.

Marie écouta avec attention, essayant de se souvenir d'une discussion animée entre les deux hommes, mais rien à faire, son cerveau restait vide. Elle se laissa tomber lourdement sur le canapé et cacha son visage derrière ses mains. Samuel prit place à ses côtés et délicatement lui saisit les poignets pour les lui faire baisser doucement.

- Je sais que c'est totalement fou ! Mais tout l'est dans cette histoire, et plus j'y pense plus ton Ethan correspond tout à fait.

- C'est ridicule, on parle d'Ethan ! L'homme avec qui je vis, gémit Marie totalement effondrée. Jamais il n'aurait fait de mal à papy, il m'aime trop, il me l'a dit, pour moi il ferait n'importe quoi.

Samuel crispa les mâchoires son regard devint noir orage.

- Jusqu'où irait-il pour te protéger ? Rétorqua Samuel.

- Quoi ?

- Imaginons que Pierre se soit confié à lui, il aura alors réalisé que ses révélations pouvaient te mettre en danger, et pour te protéger il aura...

- Fait exécuter mon grand-père ! C'est ça que tu veux insinuer, hurla Marie.

- Ou il l'aura exécuté lui-même, rectifia Jeannine le regard grave.

Marie les dévisagea l'un après l'autre, elle était totalement éberluée par la tournure des évènements.

- Vous êtes deux fous furieux ! Jamais je n'aurais dû vous laisser m'entraîner dans ces histoires, si cela se trouve la police a raison il s'agit juste d'un suicide, et toutes tes affabulations concernant une conspiration mondiale ne sont que des foutaises.

Un long silence s'en suivit.

- Marie, reprit doucement Jeannine, tu sais que nos soupçons sont fondés, tout semble coller parfaitement, le timing, la personnalité et le travail d'Ethan.

Jeannine mit sa main sur celle de Marie qui tremblait comme une feuille.

- Je reconnais que cela fait beaucoup à encaisser, mais c'est une éventualité, il faut s'assurer que nous faisons fausse route.

- Mais comment ? L'interrogea Marie désespérée.

Elle avait du mal à imaginer Ethan, faisant du mal à papy. D'un autre côté, jusqu'où aurait-il pu aller pour la protéger ? Avait-il fait exécuter son grand-père ? À cette idée elle frissonna, bon sang ! Elle vivait avec lui, elle le connaissait. Une petite voix s'élevait de plus en plus fort dans sa tête, car elle savait qu'il avait un côté sombre, mystérieux. Elle laissa sa tête retomber lourdement en arrière contre le coussin du canapé. Elle se frotta les tempes, sentant poindre une énorme migraine.

- C'est du délire ! Annonça-t-elle plus pour se rassurer, que par conviction, car malgré elle, le doute s'insinua. Ethan elle l'avait aimé sincèrement, par loyauté, elle se devait de prouver son innocence. Il ne pouvait en être autrement, car alors la vérité serait bien trop difficile à supporter. Avait-elle pu autant se méprendre sur l'homme qui partageait sa vie ?

- Je me demande... murmura Jeannine en se frottant le menton et en agitant ses orteils dans la bassine, le petit clapotis apporta une diversion apaisante.

- Quoi donc ? Demanda intrigué Samuel, qui lui aussi regardait, l'eau de la cuvette en souriant.

- Vous vous souvenez de la photo ?

- Laquelle ? L'interrogea Marie en fronçant les sourcils.

- Ce fameux type, le grec, comment il s'appelait déjà ?

- Nikos STAVROPOULOS compléta Samuel.

- Oui c'est ça ! Ce gars avait un petit tatouage de soleil sur le poignet. Je sais cela peut paraître ridicule, mais imaginons que cela soit un signe distinctif. Est-ce que ton...

- Ton quoi ? Reprit Marie suspicieuse.

- Elle veut demander je suppose si Ethan à ce genre de tatouage au poignet, cela permettrait peut-être de l'enlever de la liste de nos suspects, conclut Samuel d'une voix douce.

Marie effarée les observa l'un après l'autre, un grand silence régna, ses deux comparses semblant attendre sa réponse.

Elle baissa la tête piteusement.

- Je n'en sais rien.

- Co...comment ça tu n'en sais rien ? Tu vis et tu couches avec lui et tu n'en sais rien ? Répéta Jeannine avec stupéfaction.

Marie devint cramoisie, en sentant leurs regards qui pesaient sur elle.

- Ethan porte en permanence une montre connectée, très sophistiquée, il ne la quitte jamais. Donc je sais que sur le poignet gauche il n'y en a pas, mais l'autre je n'en sais rien. Non ! Je suis persuadée qu'il n'a aucun tatouage à part un dragon sur l'épaule, car il ne peut pas faire partie d'une telle conspiration, affirma-t-elle en croisant ses bras sur sa poitrine.

- Il ne la quitte jamais, jamais, même la nuit ? Insista Jeannine en plissant les yeux.

- Non ! Juste sous la douche.

- Et tu n'en prends jamais avec lui ? S'enquit Jeannine en penchant la tête.

À ses côtés Samuel se crispa, il serrait les mâchoires à s'en faire mal, et son regard se fit encore plus dur.

Marie l'observa un instant, elle déglutit avec peine.

- Je ... je n'ai jamais fait attention.

- Bon ! Alors là solution est simple, tu rentres, tu fais en sorte de passer un petit moment sous la douche avec lui et le tour est joué, annonça joyeusement Jeannine.

Samuel se redressa brusquement, ses yeux lançaient des éclairs.

- Pas question !

- Mais enfin Samuel nous saurions enfin ce qu'il en est, rétorqua Jeannine.

- Nous trouverons une autre solution, répliqua-t-il fermement.

En voyant sa mine renfrognée, Jeannine se mordit la lèvre, comprenant sa bévue. Elle lui fit un petit signe de la tête, l'invitant à discuter avec Marie en aparté dans la cuisine

Samuel prit la main de Marie et l'entraina dans cette petite pièce sombre. Il la fixa un long moment en silence, avant de pencher la tête d'un air désespéré.

- Je n'ai pas le droit de te poser des questions, mais... Marie cela me ronge de l'intérieur, avoua-t-il d'une voix implorante.

Doucement elle s'approcha et mit sa main sur sa joue, pour l'inciter à poursuivre.

- Tu...tu as pu lui parler ? Il se racla la gorge, son regard empreint de gravité était si lumineux qu'il en devenait hypnotisant. Je ne devrais pas te le demander, tu as déjà tellement de soucis, mais...

- Je lui ai parlé, murmura-t-elle avec émotion.

Samuel sentit ses épaules se dénouer, il était si oppressé qu'il n'arrivait plus à respirer.

- Et alors ?

- Je lui ai dit que tout était terminé, mais il veut que nous en rediscutions après la soirée, c'est si important pour lui.

Samuel sentit une rage profonde s'emparer de tout son être.

- C'est du chantage, il veut t'amadouer.

- Non ! Il ne le pourra pas, ma décision est prise. En fait, elle l'était bien avant notre rencontre, ce qui me manquait c'était le courage d'assumer mes sentiments, mais tôt ou tard je le lui aurais dit.

- Tu es sûre ?

- Certaine, je veux juste le ménager, tu comprends ? Je lui dois bien ça, nous avons vécu presque deux ans ensemble ce n'est pas rien. Papy m'a toujours appris à faire les choses comme il faut, pour n'avoir aucun regret.

Samuel esquissa un petit sourire en coin.

- C'était bien lui, il avait un code d'honneur.

- Exactement, et il me l'a inculqué. Ne t'inquiète pas, ma décision est irrévocable, la séparation est juste repoussée, c'est tout.

Il passa sa main dans ses cheveux.

- Alors laissons tomber cette histoire de montre. Tu n'as… vous n'avez pas… Il grimaça, prit une grande respiration avant de poursuivre le regard inquiet. Y-a-t-il encore des contacts physiques entre vous ? Je sais j'ai honte, de te poser cette question, mais je l'avoue elle me hante, je suis jaloux de ce type. Tu as raison cela doit influencer mon jugement.

Marie s'approcha un peu plus, se lovant contre lui, elle releva la tête, se dressa sur la pointe des pieds, et déposa un baiser si léger sur ses lèvres qu'il crut rêver. Il passa sa main sur sa bouche comme pour s'en assurer.

- Fais-moi confiance. En ce qui concerne cette histoire de montre, je vais réfléchir, juste pour vous prouver que vous avez tort. Ethan n'a rien à voir dans cette histoire.

Ils s'observèrent un long moment en silence, ils n'avaient pas besoin de mots pour exprimer tous leurs sentiments, une bulle sembla se créer autour d'eux, effaçant soucis, et doutes. Ce fut la voix tonitruante de Jeannine qui la fit éclater

- L'eau est froide, mes pieds sont fripés, on dirait des petites momies égyptiennes, tu n'aurais pas une serviette, s'écria cette dernière, les faisant pouffer de rire.

Ils décidèrent de se séparer, Jeannine et Samuel résidaient dans un hôtel proche de la librairie, qui serait leur lieu de rencontre pour faire le point chaque jour.

- Tu as compris, répéta Samuel pour la centième fois, ne cherche pas à nous appeler par téléphone, si tu découvres quelque chose, reste prudente, on t'attendra ici demain matin de bonne heure.

- Oui n'oublie pas, le cimetière est plein de héros, alors écoute Samuel, insista Jeannine en l'embrassant sur la joue. Nous aussi on va au restaurant ce soir, Samuel m'invite, dit-elle les yeux pétillants de plaisir. Il va me faire visiter Paris. Autant profiter de la validité de mon test tant que je peux.

Marie repartit l'esprit préoccupé, elle avait hâte de leur prouver qu'Ethan était innocent, elle avançait le cœur battant et les mains moites. Elle détestait le doute qui l'envahissait un peu plus à chaque pas. Comment allait-elle si prendre pour vérifier cette théorie complètement loufoque ?

Elle ne voulait pas imaginer qu'il puisse avoir un lien avec le décès de son papy. C'était impensable, car alors… ce serait pour elle un aveu d'échec total. Sa vie jusqu'à ce jour aurait été bâtie sur un château de sable. Marie ne put retenir un sanglot qui venait du plus profond de son être. Si c'était le cas, si… Ethan avait joué un rôle dans… alors, elle devrait remettre en cause sa capacité de jugement et accepter le fait que tout était de sa faute, c'est elle qui avait fait entrer Ethan dans la vie de son papy. Le poids de la culpabilité l'étouffa un peu plus, elle se sentait si misérable.

# CHAPITRE 10

Tout le long du chemin Marie fut hantée par ses soupçons, elle n'arrivait pas à s'empêcher de repenser aux doutes de ses amis, mais elle secoua la tête avec rage. Non ! C'était impossible, jamais Ethan n'en n'arriverait à de telles extrémités, il ne pouvait pas avoir joué un rôle dans la disparition de papy, c'était inconcevable.

Elle introduisit sa clé dans la serrure, et fut surprise de voir celle-ci s'ouvrir immédiatement. Ethan se tenait juste devant elle. Marie en resta muette de stupéfaction.

- Ethan ! Mais tu m'as fait une sacrée peur, que fais-tu ici ? D'habitude tu rentres très tard.

Il se saisit de sa main pour l'attirer près de lui.

- Je te l'ai dit, je veux changer pour toi, pour nous donner une seconde chance. J'ai conscience de ne pas avoir fait beaucoup d'efforts. Je regrette de ne pas avoir été à tes côtés quand tu en as eu besoin.

- Ethan ! Nous en avons déjà parlé, c'est terminé, je veux bien repousser notre discussion à plus tard, mais ma décision est prise. Soyons honnête, cela faisait un moment que nous nous étions éloignés l'un de l'autre. Nous n'attendons pas les mêmes choses de la vie. Nos chemins, nos rêves sont différents.

- Comment peux-tu dire cela ? As-tu oublié comme c'était bien entre nous ? Je suis tendu en ce moment c'est vrai, tu sais j'ai... des soucis, mais on pourrait prendre un nouveau départ ?

Marie secoua la tête d'un air désespéré, une migraine martelait ses tempes, d'une main énergique elle le repoussa, se dirigea vers le salon et posa son sac sur un fauteuil.

Ethan qui l'avait suivie, lui tendit un cocktail.

- En quel honneur ? S'enquit Marie, étonnée par son comportement prévenant.

- Je veux juste séduire la femme de ma vie.

Elle dut se mordre la joue, en se saisissant de ce verre. Décidément il ne comprenait rien ! Et plus il insistait, plus il la confortait dans sa décision. Ethan n'aimait pas perdre, il était habitué à ce qu'on lui obéisse au doigt et à l'œil, sa résistance attisait sa détermination à la contraindre. Marie trempa juste ses lèvres, elle n'appréciait pas l'alcool, et en plus elle devait garder la tête froide, et les idées, claires. Elle soupira tout en regardant l'heure.

- Nous allons toujours au restaurant ?

Ethan haussa les sourcils.

- Bien sûr, d'ailleurs je vais prendre une douche, que dirais-tu de m'accompagner ? Murmura-t-il d'une voix suave.

Marie n'eut pas le temps de répondre, la sonnerie du téléphone d'Ethan retentit, sauvée par le gong ! Pensa-t-elle. Le cœur de Marie se mit à battre sur un rythme effréné. C'était le moment ou jamais, mais comment faire ?

Tout à coup une idée lumineuse fusa. Elle se précipita dans leur suite, se dirigeant vers la salle de bains elle s'empara du shampoing d'Ethan, posé sur une étagère dans la douche à l'Italienne. Elle pivota et se retrouva face à lui, il se tenait appuyé contre le chambranle de la porte. Heureusement elle dissimula la bouteille dans son dos, avant qu'il ne l'aperçoive. Angoissée, elle s'approcha doucement et la laissa tomber discrètement dans la poubelle, le bruit sembla assourdissant, fracassant, mais c'était sûrement dû à la peur qui la tétanisait.

Ethan fronça les sourcils. Mon Dieu ! Avait-il entendu ? Quelle piètre espionne elle faisait. Marie frissonna, terrifiée.

- C'était quoi ça ?

- Quoi ça ? Répéta-t-elle le cœur battant.

- On aurait dit quelque chose qui tombait, affirma-t-il en se penchant légèrement pour regarder derrière elle.

Marie prestement effectua un tour complet sur elle-même, lui cachant ainsi la vue, elle s'empara de sa brosse à cheveux posée sur le meuble, se baissa, et fit semblant de la ramasser.

- Oh ! Tu as raison, dis donc tu as l'ouïe fine, c'était juste ça ! Précisa-t-elle en brandissant l'objet. Elle a dû tomber quand je me suis retournée brusquement. Mais au fait, qui était-ce au téléphone ?

Ethan haussa les sourcils, il était étonné car jamais elle ne lui posait ce genre de questions, Marie savait que son travail reposait sur la confidentialité, le secret. Toutefois, il décida de ne pas la remettre à sa place, il devait la reconquérir, et cela demandait des compromis. Depuis la mort de son grand-père elle avait changé, il sentait en elle une grande détermination.

- C'est… Greg, il s'étonnait de mon départ précipité, répondit-il en détaillant Marie. Sa peau sous le soleil du midi avait pris un joli hâle qui faisait ressortir sa chevelure lumineuse, son regard de biche étincelait de mille feux. Marie était une très belle femme. Depuis le premier jour elle l'avait envouté, pour la protéger, il était prêt à tout, et cette stupide idée de rupture, ne serait bientôt plus qu'un mauvais cauchemar. Elle était dans sa vie un oasis de pureté, qu'il devait conserver coûte que coûte. Elle donnait un sens à sa vie. À l'idée qu'elle puisse vouloir le quitter, son cœur s'emballa, Marie était sa seule faiblesse, son talon d'Achille.

Marie hocha la tête doucement, sous son regard, elle avait l'impression de perdre tous ses moyens, il s'en était fallu de peu. Comment aurait-elle justifié le fait de jeter son shampoing, elle ne savait pas mentir, tout se lisait sur son visage. Elle avait été surprise qu'il réponde au sujet de cet appel, il détestait cela, d'autant plus quand il s'agissait de Greg son associé et meilleur ami. Ils adoraient le culte du secret. Il suffisait qu'elle entre dans une pièce pour qu'ils interrompent leurs discussions, cela l'avait irritée plus d'une fois. Cet homme avait un regard de serpent, comme dirait Jeannine. Un nez pointu et des lèvres minces qui n'inspiraient pas confiance, elle se sentait toujours très mal à l'aise en sa présence.

Ethan la fixait avec concupiscence, elle devait fuir sa proximité au plus vite et n'avait qu'une hâte, ressortir de la salle de bains, elle dut pour cela le frôler et ce dernier en profita pour s'emparer de sa main et l'attirer contre son corps.

- Alors cette douche ? Cela nous ferait du bien à tous les deux.

Marie déglutit avec peine, elle essaya d'esquisser un sourire tremblant.

- Ethan j'ai… besoin de temps. Ne me bouscule pas s'il te plaît, implora-t-elle.

Une étincelle fusa dans son regard, Marie n'avait pas parlé de leur prochaine séparation, mais de temps ! La situation semblait évoluer dans le bon sens. Il lui caressa la joue, la libérant au passage. Tout n'était pas perdu, il allait la séduire de nouveau. Il commença à se déshabiller, faisant jouer ses muscles sous la lumière de la salle de bains, observant les réactions de Marie, elle avait toujours été attirée par  la perfection de son corps qu'elle trouvait irrésistible. Il la vit rougir, et secrètement il en fut heureux. Elle était encore sensible à son charme et cela le combla de plaisir.

Marie recula précipitamment, refermant la porte derrière elle. Son cœur battait la chamade. Il n'y avait rien de pire que de douter des gens qu'on aimait, ce verbe la fit tiquer. Oui, leur histoire était terminée, mais Ethan représenterait toujours une période de sa vie, ils avaient eu de beaux moments ensemble.

Elle entendit le jet d'eau puissant, elle resta appuyée contre la porte, quand retentit la voix d'Ethan.

- Marie, je ne sais pas où est passé mon shampoing, tu ne pourrais pas m'en apporter un s'il te plait ?

Elle passa le bout de sa langue sur ses lèvres sèches, la main tremblante elle tourna la poignée de la porte. La première chose qu'elle remarqua fut la montre posée près du lavabo.

Ethan était maniaque, il détestait voir le sol mouillé, et elle savait qu'il ne sortirait pas lui-même pour chercher un nouveau shampoing. Elle se dirigea vers l'armoire et se saisit d'une nouvelle bouteille qu'elle lui tendit.

Il ne la quittait pas des yeux. Le cœur battant elle resta à bonne distance, l'obligeant ainsi à tendre le bras.

- Marie à quoi tu joues ? Je ne vais pas te mouiller, même si ce n'est pas l'envie qui me manque, allez donne-moi ça ! Dit-il en ouvrant la main.

Marie discrètement regarda son poignet, une étincelle de joie fusa en elle, il n'y avait rien ! Pas le moindre petit tatouage. Elle respira longuement et commença à esquisser un sourire, il n'avait rien ! Répéta-t-elle soulagée. Elle le savait ! Elle avait bien raison, ce n'était que des inepties, elle s'était laissée influencer par leurs doutes. Elle était tellement heureuse de savoir qu'il ne faisait pas partie de cette conspiration. Après tout, si cela se trouvait, pensa-t-elle, toute cette histoire de complot n'était que des élucubrations.

Elle se détendit, quand tout à coup, Elle le vit, un petit soleil imprimé à droite de son poignet. Elle resta muette de stupeur, les battements de son cœur martelaient ses tempes. Il attrapa la bouteille et elle recula d'un pas hésitant.

Tout en refermant la porte en douceur, elle se saisit de son téléphone avant de se rappeler des mises en garde de ses amis, pas d'appel ! Elle devrait attendre de les retrouver à la librairie le lendemain, mais comment arriverait-elle à agir normalement après cette découverte ? Sa tête était en ébullition, les idées se bousculaient. Ethan faisait donc partie de ce projet diabolique ! Quel rôle avait-il joué dans la disparition de papy ? Elle se laissa lourdement tomber sur le lit, un profond désespoir, s'empara de tout son être.

Une phrase tournait en boucle dans son esprit, « Ethan avait un tatouage ». Elle s'allongea, se recroquevilla et tira le dessus de lit sur elle, effondrée par sa découverte et ses implications. Que devait-elle faire ? Elle brûlait de lui hurler sa colère, de lui demander ce qu'il savait sur la mort de papy, mais ce n'était sûrement pas l'idée du siècle. Les battements effrénés de son cœur en devenaient douloureux.

Que ferait Samuel ? Son image apparut dans son esprit, cela l'apaisa immédiatement, il avait un regard si franc, si doux, plus que jamais elle avait besoin de sa présence, de sa force. Ne pas attirer les soupçons ! Voilà ce qu'il lui conseillerait de faire. En apprendre plus, tout en étant très discrète, elle devait paraître normale. Elle grimaça, ce n'était pas dans sa nature de dissimuler ses sentiments. Tout à coup une main posée sur son front la fit hurler de peur.

- Mais que se passe-t-il ? Tu es blanche comme un cadavre, Marie qu'est-ce qu'il y a ?

Elle n'avait qu'une envie, crier sa rage, sa peine. Elle voulait le pousser à avouer, l'interroger, qu'il réponde maintenant. Toutefois, Marie le connaissait parfaitement, elle n'apprendrait rien, il avait un contrôle absolu. Ethan était capable de prendre des décisions urgentes sans montrer la moindre émotion. Comment allait-elle procéder ? Pour papy elle allait devoir se surpasser, faire preuve d'imagination. Elle esquissa un sourire tremblant.

- Ce n'est rien, la chaleur de la salle de bains a provoqué un léger malaise.

Elle vit l'inquiétude dans son regard, il pressa ses doigts contre son poignet. Il l'avait remise cette maudite montre !

- Tu as le pouls filant.

Pourtant, pensa Marie, son cœur battait la chamade, la peur décuplait sa colère qui faisait rage en elle, mais la découverte de ce tatouage avait été un tel choc. Jamais elle n'aurait pu imaginer qu'il fasse partie d'une telle conspiration.

Elle se redressa péniblement, effectivement la tête lui tournait. Voilà qu'elle allait avoir réellement un malaise. Ethan la soutint un moment contre lui et caressa doucement ses cheveux.

- Tu veux qu'on reste ici ? Demanda-t-il avec beaucoup de prévenance.

- Non ça va aller, donne-moi juste une minute.

- As-tu mangé à midi ? S'inquiéta-t-il.

Elle allait l'informer avoir déjeuné avec Martine, mais se retint de justesse. Cela aurait peut-être éveillé ses soupçons.

- Non ! Tu as raison, j'ai sauté le repas.

- Alors ne cherche pas plus loin, un estomac vide, et le cocktail que tu as bu en arrivant, sont sûrement la cause de ton malaise. Allons vite nous restaurer.

Marie allait le contredire, après tout elle n'avait fait qu'y tremper ses lèvres, mais elle ne se sentait pas la force d'argumenter contre lui. Elle devait rassembler ses idées, et surtout sa mission maintenant, était d'en apprendre plus au cours de ce diner.

Elle posa ses pieds au sol pour s'assurer que ses jambes flageolantes la porteraient, puis doucement elle se leva.

- Tu vois cela va mieux, je vais me préparer, dit-elle en s'éloignant d'un pas chancelant.

- Laisse la porte de la salle de bains ouverte, je veux pouvoir te surveiller, on ne sait jamais, cria-t-il derrière elle.

Et puis quoi encore ! S'insurgea Marie, elle avait au contraire besoin de solitude pour se ressaisir.

- Non ! Tout va bien je t'assure, affirma-t-elle en refermant la porte. Elle s'appuya contre elle, et laissa les larmes couler. Sa vie n'avait été qu'une illusion. Elle croyait filer le parfait amour, avant de réaliser qu'il n'était pas l'homme qui lui fallait, et voilà qu'elle venait de découvrir qu'il faisait partie d'un complot mondial, visant à réduire la population. Oh ! Mon Dieu, son pauvre papy n'était pas prêt à affronter ces requins qui jouaient avec la vie des autres. Cet homme si simple n'avait été qu'un fétu de paille sur leur chemin, ils n'avaient pas hésité à l'éliminer, mais quel avait été le rôle d'Ethan dans cette disparition ?

Elle se redressa brusquement, et si c'était Greg ? Après tout elle ne l'avait jamais aimé ! Cet homme était diabolique. Marie sentit l'espoir renaître en elle, probablement que son associé avait découvert les doutes de papy lors de cette fameuse soirée, et de son propre chef, il avait peut-être décidé de le tuer, car jamais Ethan n'aurait pu faire cela. Il savait à quel point elle l'aimait, ce n'était tout de même pas un criminel.

Le scénario diabolique se mit en place dans sa tête, l'espoir scintillait de nouveau en elle. Marie avait hâte de se confier à Jeannine et Samuel, ils seraient sûrement de son avis. Elle avait besoin de croire qu'elle ne s'était pas autant méprise sur l'homme qui partageait sa vie. Ethan au final pourrait être un précieux allié. Oui, mais une petite voix s'éleva dans sa tête, il faisait quand même partie du complot ! Quelle était sa fonction exacte ? Jusqu'où était-il impliqué ? Elle souffla longuement.

Comme elle regrettait l'atmosphère feutrée et chaleureuse de sa librairie, parmi ses livres elle se sentait rassurée, elle vivait à travers des récits des aventures palpitantes, parfois angoissantes, mais il suffisait de refermer le recueil pour retrouver la réalité. Là, elle se sentait dépassée par les évènements.

Elle se déshabilla et se précipita sous la douche. Le jet d'eau puissant et revigorant était tout ce dont elle avait besoin, pour se ressaisir. Ses amis lui auraient conseillé la prudence.

Elle afficha devant Ethan le visage d'une femme apaisée, dissimulant le tumulte qui l'agitait. Le trajet se fit en silence.

Marie sentit ses épaules se dénouer en pénétrant dans ce charmant restaurant, elle y adorait l'ambiance familiale qui y régnait. On les dirigea vers un coin discret afin de leur assurer un peu d'intimité. Ethan scrutait en permanence son visage.

La serveuse s'approcha, leur demandant s'ils désiraient un apéritif, Marie avait envie d'un bon verre de Prosecco pour se détendre, mais Ethan décida une fois de plus de choisir pour elle, en affirmant qu'elle ne prendrait que de l'eau. Elle allait s'en offusquer, quand elle réalisa qu'effectivement c'était peut-être plus prudent de garder son esprit clair.

Le repas se déroula dans une atmosphère tendue, la nourriture lui sembla insipide. Elle n'arrivait pas à oublier ce qu'elle venait de découvrir, elle était hantée par l'idée qu'il puisse s'en rendre compte. De temps en temps son regard se portait malgré elle vers son poignet. Marie se creusa la tête pour trouver un sujet anodin de discussion. Elle commençait à manquer d'imagination quand Ethan l'interrompit, il semblait particulièrement nerveux, jouant avec des miettes sur la table.

- Alors où sont tes deux bestioles ? Demanda-t-il négligemment.

- En Provence à la Bastide, bien entendu.

- Et cette baraque tu comptes en faire quoi ?

Marie se redressa et le fixa froidement.

- Je te l'ai déjà dit, j'y tiens énormément, tous mes souvenirs sont là-bas.

Il posa sa main sur la sienne comme pour la rassurer.

- Excuse-moi, bien entendu, c'est ta décision. Il faut du temps pour se détacher de son passé.

Elle grinça des dents, le temps n'y changerait rien, cette Bastide représentait tant pour elle. Ethan une fois encore montrait sa froideur, les sentiments n'influençaient pas sa vie. Marie vit son téléphone sécurisé vibrer sur la table, c'était étrange car en général, il ne le sortait jamais. Avait-il des soucis au travail ? Discrètement elle fit mine de s'intéresser à la carte des desserts, tandis qu'il répondait. Il se raidit immédiatement sur sa chaise, Marie pouvait ressentir sa tension. Elle crut entendre la voix de Greg, elle déglutit avec peine essayant de suivre leur conversation.

- Comment-ça ? L'interrogea d'une voix nerveuse Ethan. Encore ce maudit activiste, il va falloir s'en occuper. Ethan regarda les mains crispées de Marie, sur la carte, ses jointures avaient blanchi. Il s'en voulut d'avoir brisé ce moment intime avec elle. La soirée ne se déroulait pas exactement comme il l'avait désiré. Elle était tendue, il réalisa que ce deuil avait dû la toucher plus qu'il ne le pensait, elle venait quand même d'avoir un malaise. Il mit fin à son appel, et fit signe à la serveuse de leur donner la note. Il détestait parfois sa vie bien trop compliquée, il pressentait qu'il risquait de perdre ce qu'il avait de plus précieux, Marie !

- Viens ! Rentrons, tu me sembles épuisée, je ne suis qu'un rustre. Après tout ce que tu as subi et ce voyage, je t'impose encore cette soirée, au lieu de te laisser te reposer.

Flûte ! Elle était déçue, elle n'avait rien appris de plus. Durant le trajet Marie se repassa la soirée en détail, mais Ethan avait soigneusement évité tout sujet un peu trop sensible. Elle se redressa sur son siège, regardant les mains d'Ethan posées sur le volant.

- Au fait… Commença Marie avant de se mordiller les lèvres, comment allait-elle aborder cette question ? Puis elle décida de la jouer innocente.

- C'était quoi cet appel ? Tu ne mélanges jamais le professionnel et le personnel.

- Et je ne vais pas changer cela ce soir, répliqua-t-il d'une voix plus dure.

- Oui mais que voulais-tu dire, par « Il va falloir s'en occuper ? »

Il lui jeta un coup d'œil furtif, avant de reporter son attention sur la route.

- Ce n'est que du travail Marie, c'est juste une phrase comme ça, c'est tout. Nous avons un dossier à régler rapidement.

Marie l'observa à la dérobée. Il semblait pourtant très nerveux. Ce détail pouvait-il avoir de l'importance ? Elle décida d'en parler quand même à ses amis.

En pénétrant dans leur appartement, Marie réalisa qu'elle allait devoir partager le lit avec lui, une sueur froide coula le long de sa colonne vertébrale.

Ethan se dirigea directement vers la douche, elle soupira de soulagement, il n'avait pas insisté pour qu'elle l'accompagne. Il en ressortit nu, et s'exhiba devant elle. En temps normal, elle adorait le dévorer des yeux, mais tout avait tellement changé entre eux. Marie avait l'impression d'avoir pris dix ans en peu de temps, son monde s'était écroulé. Tout n'était pas négatif, elle ferma les yeux et ce fut le visage de Samuel qui apparut, son sourire chaleureux, ses yeux pétillants lui réchauffèrent le cœur. Elle s'engouffra dans la salle de bains et décida de porter une nuisette, ne se sentant pas le courage de dormir nue à ses côtés.

En revenant dans leur chambre, elle se figea, Ethan s'était allongé de tout son long. Le coude replié, il avait posé sa tête dans le creux de sa main. Faire un pas demanda à Marie un effort surhumain, il la regarda s'avancer, les yeux brûlants d'un feu incandescent qui la mit mal à l'aise.

- Je...je crois qu'il serait préférable que je prenne la chambre d'amis, affirma-t-elle le cœur battant.

- Tu m'avais promis une pause, un délai, implora-t-il en la fixant intensément.

- Cette séparation est inéluctable, ma décision est prise Ethan, précisa-t-elle avec détermination.

- Je te dégoûte autant que ça ? Murmura-t-il d'une voix blessée.

Marie déglutit avec peine. Elle devait se montrer prudente, ne pas éveiller ses soupçons, elle se coucha le plus loin possible de lui, mais une main puissante la ramena contre son torse. Elle se raidit, mais Ethan était bien trop fort.

- Chuuut ! Marie je veux juste te sentir contre moi, rien d'autre. Tu m'as tellement manqué.

Il repoussa une mèche de ses longs cheveux blonds cendrés, et l'embrassa sur la nuque. Marie n'arrivait plus à respirer, l'angoisse la maintenait éveillée. Au bout d'un long moment, elle entendit la respiration calme et apaisée d'Ethan, il dormait ! Pour elle, la nuit s'annonçait interminable, tant de pensées agitaient son esprit.

Elle se réveilla le lendemain matin totalement épuisée, son regard se posa sur Ethan qui venait de sortir de la salle de bains

- Je suis désolé d'avoir fait du bruit, tu aurais pu dormir encore un peu, il est très tôt mais j'ai une journée très chargée. Je me changerai au travail, tu me rejoindras directement là-bas, cela ne te dérange pas ?

Oh bon sang ! Cette maudite soirée, Marie l'avait oubliée. Elle opina de la tête, confirmant son accord et surtout soulagée de le voir si pressé. Il s'approcha d'elle, l'embrassa rapidement et s'en alla.

Marie sortit du lit comme une fusée, elle regarda l'heure et n'avait qu'une hâte, celle de retrouver ses amis. Elle prit le métro dans un état second, n'arrivant toujours pas à réaliser qu'Ethan puisse faire partie d'un complot mondial.

Arrivée devant sa librairie, Marie se pencha pour introduire sa clé dans la serrure, quand une main posée sur son épaule la fit sursauter. Son trousseau tomba au sol. La peur au ventre elle pivota pour découvrir Jeannine et Samuel qui se tenaient tout près d'elle.

- Vous êtes fous ! Ne recommencez plus jamais ça, j'ai failli avoir une attaque. Mon cœur n'est pas fait pour vivre dans ce stress permanent.

Jeannine gloussa de rire.

- Bon ! Alors si nous entrions avant d'attirer l'attention. Cela fait un moment qu'on t'attendait au café du coin, murmura-t-elle en lui faisant un clin d'œil.

Marie, pénétra la première, déposant son sac derrière le comptoir, elle se retourna d'un air accablé vers ses amis. Elle regarda Samuel qui laissa la pancarte indiquant que le magasin était fermé, avant de verrouiller de nouveau la porte. Il entraîna les deux femmes, vers le canapé au fond de la librairie. Marie s'y laissa tomber, cachant son visage derrière ses mains.

Samuel s'installa près d'elle, mettant son bras autour de ses épaules, et Jeannine prit place de l'autre côté.

- Eh ! Cela ne peut pas être si terrible, tu as découvert quoi ? Demanda son amie, rongée de curiosité.

Marie raconta la scène de la douche, elle perçut le changement chez Samuel, il avait le visage fermé, la mâchoire si crispée qu'elle devait en être douloureuse. Toutefois quand elle arriva au moment où elle avait dérobé le shampoing, elle l'entendit éclater de rire.

- Tu es une sacrée espionne, quelle imagination ! Il fallait y penser, précisa-t-il en la pressant tendrement contre lui.

- Et alors ? S'enquit Jeannine qui avait hâte de connaître la suite.

Marie soupira longuement, la mine grave.

- Je l'ai vu !

- Quoi donc ? Le tatouage ? L'interrogea Samuel en la fixant avec attention.

Marie se contenta de hocher la tête avec gravité. Toutefois par loyauté envers Ethan, elle les informa de ses doutes sur son associé Greg, espérant les convaincre de l'innocence de l'homme qui avait partagé sa vie pendant presque deux ans.

Ses deux amis échangèrent un regard lourd, qui lui brisa le cœur, ils n'y croyaient pas ! Pour eux Ethan était coupable, mais Marie était persuadée qu'il ne jouait qu'un rôle mineur dans cette conspiration et surtout qu'il ne devait pas être au courant pour le meurtre de papy, c'était pour elle tout simplement… inimaginable.

Samuel joignit ses deux mains devant son visage comme s'il faisait une prière, légèrement penché en avant, il sembla réfléchir intensément.

- Je vais en informer, STUCAR.

- Qui c'est ça STUCAR ? l'interrogea Jeannine surprise de sa réaction.

Marie silencieuse, attendit sa réponse.

- Après nos découvertes avec Pierre, j'avais contacté sur le Dark Web des…

- Oh là, là ! Chaque fois que tu en parles cela me fait peur. Ce n'est pas interdit ça, tu en es certain ? Le coupa Jeannine les yeux grands ouverts.

Samuel grimaça.

- Disons que son site n'est pas illégal, mais certains eux le sont. Le Dark Web m'a permis d'entrer en relation avec des lanceurs d'alerte dont fait partie STUCAR.

- Mais pour faire quoi ? Tu crois vraiment qu'ils peuvent nous aider ? Demanda Marie intriguée.

- Eux sont en liaison avec des gens influents dans le monde entier. Ils regroupent les informations, pour démanteler ce complot. Personne n'avait remarqué ce petit détail du tatouage, bravo ! Jeannine.

Celle-ci toute fière eut un grand sourire.

- Mais comment ont-ils pu passer à côté d'un tel signe distinctif ? Insista Marie.

- Tout simplement car personne n'avait pensé à faire le rapport avec CHIMÙ et le symbole des Incas. Il a fallu l'esprit de déduction de Jeannine, pour comprendre l'importance de ce tatouage.

- Ah là, là ! Si monsieur DELPECH voyait cela, il n'en reviendrait pas. Pour une fois, j'ai eu la bonne réponse.

Ses deux amis pouffèrent de rire.

- Je vais les informer du lien probable avec la société d'Ethan la XÉPHAS, c'est tellement évident maintenant quand on y pense.

Marie se redressa brusquement.

- Oui mais n'implique pas Ethan ! Nous ne savons pas quel rôle il joue dans cette conspiration. Je suis persuadée de son innocence.

De nouveau ses amis échangèrent un bref regard qui en disait long sur leurs pensées. Jeannine se saisit de sa main qu'elle pressa entre les siennes.

- Écoute, je sais que cela fait beaucoup à encaisser, mais soyons objectives, Ethan est forcément impliqué jusqu'au cou dans cette histoire.

Marie secoua la tête avec énergie.

- Non ! Non ! Il y a Greg, lui est fourbe, je l'ai toujours su, il me fait peur. D'ailleurs je vais vous en apporter la preuve.

- Comment ? Répliqua Samuel en fronçant les sourcils. Je ne veux pas que tu te mettes en danger, tu as fait ce que nous voulions, en découvrant ce tatouage. Je vais transmettre les infos à STUCAR et nous verrons ce qu'ils en feront.

- Non ! S'écria Marie, je dois encore découvrir qui a tué papy. Ce soir il y a cette fameuse soirée, je trouverai des preuves, et vous comprendrez alors, que je... que je... Elle fondit en larmes et cacha son visage dans ses mains.

Samuel se mit à genoux devant elle, et très doucement il écarta ses poignets, essayant de capter son regard.

- Chuuuut ! Marie tu n'as rien à te reprocher, tu ne savais pas.

- Vous ne comprenez pas, cela voudrait dire que je suis super-nulle, la pire des idiotes. Que depuis le début je vis dans le mensonge, je m'illusionne. Ma vie n'était qu'un conte, un rêve de petite fille, et qu'à cause de moi papy est... mort. Je me sens tellement coupable, tout ça c'est ma faute.

- Pas du tout ! Répliqua avec force Samuel, tu étais sincère dans votre relation. Tu l'aimais, tu lui faisais confiance et même si cela me fait mal de le reconnaître, dit-il en soupirant longuement. J'ai compris qu'Ethan t'aime aussi profondément, il a dû faire cela pour te protéger. C'est ce que ferait un homme amoureux.

- Jusqu'à être complice d'un meurtre ? Demanda Marie d'une voix étouffée.

- Ces gens sont complexes, ils pensent agir pour le bien de l'humanité, nous ne sommes à leurs yeux que des dommages collatéraux.

- Le fameux bénéfice-risque dont ils nous rabattent les oreilles, rétorqua Jeannine en grimaçant.

- C'est ça ! Affirma Samuel, ils privilégient le bien du plus grand nombre, comme les CHIMÙ. Philosophiquement parlant c'est louable, humainement c'est jouer aux apprentis sorciers, car ils ont une approche bien trop pragmatique. Pour eux, il y a un énorme problème à résoudre, la surpopulation, qui aggrave le réchauffement climatique et nous conduira tout droit à l'extinction de l'humanité. Alors froidement ils ont étudié les solutions, et ont sélectionné la plus appropriée. Leur tort comme le pensait Pierre, c'était d'oublier l'humain dans leur équation, car comme dans la nature, face à l'adversité nous avons la capacité de nous adapter, nous aurions trouvé une parade ingénieuse pour remédier à cela. Eux ont préféré être dans l'action pour éviter le chaos.

Marie essuya ses larmes.

- Mais je me suis tellement trompée, je me sens si perdue.

- Je suis là et Jeannine aussi, tu n'es pas seule, chuchota Samuel en l'embrassant tendrement sur les lèvres, leur goût salé, lui brisa le cœur. Cette femme qu'il aimait tant, endurait tellement d'épreuves, son monde explosait. Marie avait une âme pure, Pierre lui avait inculqué certaines valeurs, un code d'honneur, une éthique, une morale, une loyauté et tout cela venait de voler en éclats à cause d'Ethan qui avait broyé ses certitudes, ses rêves… sa confiance, laissant un grand vide dans sa vie et son cœur meurtri. Il se promit de la soutenir et de lui faire oublier tous ces drames, ces trahisons. Il avait hâte de la ramener au cœur de cette Provence qu'elle chérissait plus que tout. Là-bas dans leur cocon, dans ce paradis terrestre, il lui ferait redécouvrir les valeurs essentielles de la vie.

- Bon ! Alors on fait quoi maintenant ? Demanda Jeannine, en tapant dans ses mains.

- Je ne sais pas, je me sens si vide, gémit Marie d'un air désespéré.

Jeannine échangea un regard avec Samuel, il fallait redonner du courage à Marie, pour affronter cette soirée décisive.

- Tu ne m'as pas dit que tu avais cette fête si importante ? As-tu une jolie robe à te mettre ?

Marie haussa les épaules, quelle importance, ce qu'elle porterait, c'était vraiment la dernière de ses préoccupations.

- Je dois bien en avoir une qui traîne au fond de mon placard, avoua-t-elle d'un ton indifférent.

- Quoi ? Nous sommes à Paris, et toi tu veux mettre un vieux chiffon ? Non ! Pas question, je sais comment nous allons occuper notre journée.

Marie fronça les sourcils, perplexe devant l'enthousiasme de son amie.

- Nous allons faire les magasins, on va t'aider à trouver une tenue époustouflante.

- Oh ! S'écria Samuel qui décida de jouer le jeu pour redonner du courage à Marie. D'abord je déteste faire les boutiques, encore plus des magasins pour les filles. Deuxièmement, dit-il en comptant sur ses doigts. Je n'ai pas du tout envie de choisir une tenue de rêve pour qu'un autre l'apprécie à ma place, termina-t-il en croisant les bras sur sa poitrine, d'un air faussement offusqué.

Marie ne put s'empêcher d'éclater de rire devant la mimique de ses amis. Oui, se sentir belle lui donnerait la force d'affronter tous ces gens si impitoyables.

- D'accord ! Faisons les boutiques, affirma-t-elle avec conviction.

Ils passèrent une journée fantastique. Comme si un accord tacite avait été passé, ni l'un, ni l'autre n'évoqua le complot. Samuel avait juste transmis leur dernière découverte à son contact, puis il avait refermé son ordinateur, affirmant vouloir choisir lui-même la robe de Marie, décrétant qu'après tout, il serait le premier à en bénéficier, et qu'ainsi elle ne pourrait pas l'oublier de la soirée.

Comment aurait-elle pu ? Il prenait tellement de place dans sa vie et dans son cœur. Sans lui Marie n'aurait jamais pu surmonter tous ces évènements.

Jeannine était dans son élément, ses yeux pétillaient de bonheur, elle si coquette s'extasiait devant chaque découverte, que ce soit une robe ou des chaussures. Marie en profita pour la gâter, lui offrant des bijoux, et des tenues. Samuel préféra lui offrir un parfum.

Les deux femmes furent surprises et charmées.

- Une femme sans parfum est une femme sans avenir, précisa-t-il avec un sourire en coin.

- Celle-là je ne la connaissais pas, murmura Jeannine émue, par cette gentille attention.

- Oh ! Elle n'est pas de moi, mais de Coco CHANEL.

- Alors, il m'en faudrait un aussi, avoua Marie tristement, et plutôt même une caisse, car mon avenir me semble si … sombre.

- Il ne l'est pas, murmura Samuel à son oreille, moi je vois un futur radieux, au cœur d'une région baignée par le soleil, tu vas vivre entourée des senteurs de la terre. Un petit coin de paradis ! D'ailleurs je t'offrirai un parfum à ton image, unique, spectaculaire, il exprimera tout mon amour.

Ils se regardèrent un long moment en silence, Les yeux de Marie brillaient comme des billes scintillantes, son cœur se mit à battre plus vite.

- Bon ! Mais ce n'est pas tout. Il faut maintenant trouver la robe, sinon notre Marie va se promener comme Maryline Monroe avec juste quelques gouttes de CHANEL sur elle.

- Pas question ! S'insurgea Samuel qui posa son regard faussement offusqué sur Marie.

Elle pouffa de rire, devant sa réaction, puis elle se figea, ses yeux l'hypnotisèrent, ils lui promettaient des plaisirs interdits…inavouables mais ce fantasme était tellement tentant qu'une chaleur se diffusa en elle, faisant battre son cœur plus vite. Marie passa le bout de sa langue sur ses lèvres devenues subitement sèches, elle crut y percevoir le goût de ses baisers, il était ancré profondément dans sa mémoire et dans son cœur. Samuel fixait sa bouche comme s'il voulait la dévorer et sa respiration se fit plus courte, elle le vit déglutir avec difficulté.

- Oh ! Allez ! On se bouge, il va nous faire une crise d'apoplexie en plein magasin, bonjour la discrétion se moqua Jeannine, les mains sur les hanches.

Grâce à ses amis Marie, se sentait enfin prête à affronter cette soirée.

# CHAPITRE 11

De retour chez elle, Marie se prépara pour sa soirée, elle apporta un soin particulier à sa tenue. Elle s'observa un long moment devant son miroir. Jeannine lui avait sélectionné une robe longue en satin vert émeraude. Une couleur audacieuse qu'elle ne portait que très rarement, mais son amie avait un goût très sûr en matière de mode. Le tissu soyeux captait la lumière, un décolleté profond mettait en valeur le galbe de sa poitrine. La taille très marquée, et le drapé sur ses hanches sublimaient sa silhouette. La robe s'évasait ensuite jusqu'au sol, mais une fente sur le côté laissait apercevoir sa jambe fine et bronzée. Marie avait dénoué ses cheveux renonçant au dernier moment au chignon sage qu'elle faisait d'habitude. Elle se trouvait belle et cela la réconforta, elle appréhendait tellement cette soirée. Elle se chaussa en grimaçant, Jeannine lui avait déniché une paire d'escarpin en velours d'un vert un peu plus intense et aux talons vertigineux. Elle poussa un soupir, pourvu qu'elle ne trébuche pas.

Elle ferma les yeux, pour revivre la scène torride et sensuelle qui avait enflammé ses sens lorsqu'elle était sortie de la cabine d'essayage. Le regard de Samuel avait étincelé de mille feux, il s'était approché lentement d'elle, semblant fasciné par la femme qu'il découvrait. Il avait tendu une main tremblante, puis délicatement il avait repoussé une mèche de cheveux derrière son épaule. Ses gestes avaient été si lents si doux qu'ils en étaient devenus diaboliques. Marie frissonna à ce souvenir. Sans la quitter des yeux, il s'était penché et avait posé ses lèvres à la base de son cou sur une veine qui palpitait frénétiquement, la pointe de sa langue, avait attisé son désir, traçant un chemin de feu jusqu'au lobe de son oreille qu'il avait mordillé tendrement, Marie avait cru sentir la terre trembler sous elle, ses jambes étaient devenues flageolantes. Il avait alors passé une main autour de sa taille pour la soutenir. Ils avaient eu l'impression d'être déconnecté du monde qui les entourait. Le regard de Samuel avait embrasé sa libido. Il avait pris son menton entre son pouce et son index, puis du bout des doigts, sensuellement, il avait redessiné la courbe tendre de sa mâchoire avant de les laisser dériver vers sa chevelure qu'il avait caressée longuement. Samuel s'était alors emparé de ses lèvres avec fougue sous les yeux médusés de Jeannine qui en était restée muette de surprise. Il l'avait bel et bien embrassée et le cœur de Marie s'était laissé griser par la passion.

Samuel s'était alors redressé, le souffle court, puis il avait posé son front contre le sien, lui murmurant des mots d'amour, lui avouant sa crainte de la laisser aller à cette soirée. Il voulait qu'elle se souvienne de cette scène torride, qu'elle pense à lui. Piteusement il avait reconnu être dévoré de jalousie à l'idée de savoir qu'un autre homme que lui avait encore le droit de poser ses mains sur elle.

Marie eut beau le rassurer, lui affirmant que son histoire avec Ethan s'écrivait dorénavant au passé, rien n'y fit. Il avait peur qu'elle succombe de nouveau à son charme. Elle dut lui répéter plusieurs fois, que tout était terminé avec Ethan, que leur rencontre n'avait rien à voir avec sa décision qui avait mûri lentement en elle. Le décès de papy avait été un déclencheur, qui lui avait permis de comprendre que l'existence qu'elle menait ne lui correspondait plus, qu'elle aspirait à autre chose. Par loyauté, et par lâcheté, Marie reconnut avoir repoussé le moment de l'avouer à Ethan.

Samuel l'avait alors pressée une dernière fois sur son cœur.

Marie se rappela son regard, hésitant. Contrairement à Ethan Samuel exprimait ses doutes, ses craintes, il ne cachait rien, c'était aussi ça qu'elle aimait chez lui, son authenticité. Comme si Marie pouvait oublier cet homme, la passion qu'il faisait naître en elle. Il hantait ses jours et ses nuits. Elle souffla longuement pour reprendre le contrôle de ses sens.

Marie sentit son téléphone vibrer dans sa pochette, elle vérifia distraitement, c'était le taxi qui l'attendait juste devant leur immeuble. Elle jeta un dernier regard à son reflet dans le miroir, l'image de cette femme pleine d'assurance qu'elle aperçut la rassura une nouvelle fois. Ce soir elle allait essayer de démasquer ce fameux Greg, leur prouver qu'elle avait raison, que cet ignoble individu avait orchestré la mort de son papy.

Lorsque Marie arriva devant le bureau d'Ethan, il y avait de l'effervescence, elle remarqua une jeune femme vêtue de rouge qui la fixa un long moment. Mal à l'aise, elle rajusta son décolleté audacieux, son courage semblait s'évaporer au fur et à mesure qu'elle avançait. Le regard des hommes s'attardait sur sa silhouette, elle déglutit avec peine, cette robe ne lui ressemblait pas, Marie n'était pas cette fille sexy, envoutante, non ! Elle au contraire, se sentait angoissée, stressée, elle aurait aimé se fondre dans la foule. Tout à coup le couloir se vida comme par magie. Elle releva la tête et aperçut Ethan qui ne la quittait pas des yeux, il s'approcha à grands pas.

- Dieu que tu es belle ! J'ai toujours su qu'un jour la chrysalide révèlerait le plus beau des papillons. Cette couleur met en valeur, la brillance de ta chevelure, le satiné de ta peau, dit-il en laissant le dos de sa main remonter délicatement le long de son bras, Marie ne put s'empêcher de frissonner à son contact. Elle était bouleversée, qui était cet homme qui pouvait se montrer si charmant et qui d'un autre côté était si mystérieux ? La peur de découvrir ses noirs secrets l'angoissait. Marie le fixa intensément, mais elle ne perçut que son désir inavouable. Il fixa un point derrière elle, son attitude changea immédiatement, il se crispa, son regard se fit inflexible. Marie pivota et se retrouva face à Greg, son cœur s'emballa, à l'idée qu'il s'agissait probablement du meurtrier de papy. Elle voulait lui hurler sa haine, mais les mots restèrent coincés dans sa gorge. Elle devait trouver des preuves, Marie voulait le confondre, que la justice le punisse pour son crime.

Il la salua, la complimentant sur sa tenue. Son regard insistant la mit mal à l'aise.

- J'ai deux mots à dire à Greg, avant que nous partions pour la soirée, veux-tu bien m'attendre ici quelques secondes, précisa Ethan en pressant son bras.

Marie soupira de soulagement, cela allait lui permettre de retrouver son calme. Elle sentit de nouveau un regard peser sur elle, c'était la jeune femme vêtue de rouge qui lui fit un petit signe de tête auquel Marie répondit presque machinalement.

Ethan revint rapidement, il la saisit par le coude l'entraînant vers l'ascenseur. Il semblait contrarié et le trajet jusqu'à la salle de réception se fit dans un silence total.

- Quelque chose ne va pas Ethan ? Ne put-elle s'empêcher de demander.

Il la regarda d'un air hébété prenant conscience de sa présence à ses côtés, il secoua la tête comme pour revenir à la réalité. Il s'empara de sa main et la fit pivoter pour embrasser l'intérieur de son poignet.

- Rien de spécial, juste le travail. Il eut un sourire en coin qui n'atteignit pas ses yeux. Tu as raison je suis injuste avec toi, ce soir tu es le centre de mes priorités, je veux te prouver à quel point nous sommes faits l'un pour l'autre.

- Ethan je...

- S'il te plaît Marie, accorde-moi cette soirée, dit-il d'une voix implorante.

Marie se retint de soupirer, elle hocha doucement la tête en signe d'approbation.

La salle était somptueusement décorée, Ethan ne laissait rien au hasard, tout devait être parfait. Les invités se pressèrent auprès de lui, chacun essayant de lui parler en aparté, discrètement elle recula, fatiguée de sourire à s'en faire mal aux joues. Elle observa cette foule joyeuse, les femmes étaient parées de leurs plus beaux bijoux, elles minaudaient auprès des hommes qui les accompagnaient. Marie ne se sentait pas à sa place.

Elle décida d'aller prendre l'air sur la terrasse et prit une grande respiration, quand une voix la fit brusquement sursauter.

- Tu es plus que ravissante, ce soir. Ethan est un homme comblé, murmura Greg en s'approchant d'elle. Tu es de loin la plus belle femme de la soirée.

Marie fronça les sourcils, elle n'aimait pas ses compliments. Que lui voulait-il ?

- Je suis venu pour te dire, que je regrettais ce qui est arrivé à ton grand-père, toutes mes condoléances. C'était un homme charmant. Nous avons d'ailleurs longuement discuté lors de la précédente soirée.

À ces mots Marie se redressa le cœur battant. Allait-elle enfin connaître les raisons de son décès ?

- De... de quoi aviez-vous parlé ?

Il haussa négligemment les épaules.

- Il adorait raconter des anecdotes, concernant son métier, ses astuces pour le jardin.

- C'est… tout ?

- Oui ! Pourquoi ? Demanda-t-il en la scrutant avec plus d'attention.

Marie baissa les yeux, ne voulant pas révéler quoi que ce soit de ses doutes.

- Je… J'ai beaucoup de mal à accepter son… départ.

- C'est normal Marie, il t'a quand même élevée, votre lien était fort. J'étais également très proche de mes grands-parents, alors je peux comprendre ta peine, le choc que cela a dû être pour toi.

Il semblait si prévenant, que cela déstabilisa Marie. Cet homme d'habitude si froid, faisait preuve d'attention, de délicatesse. Pouvait-elle se fier à son regard compatissant ? Marie sentit poindre une migraine derrière son crâne. Comment savoir s'il n'était pas le meurtrier de son papy ? Pouvait-on se montrer aussi calme en ayant la mort d'un homme sur la conscience ? Marie se mordilla les lèvres repensant au projet CHIMÙ. Pour des hommes tels que lui, que signifiait la vie d'une personne ? Ils étaient prêts à éliminer le premier faisant obstacle à leur maudite conspiration.

Elle dut prendre sur elle, pour le remercier, essayant d'esquisser un sourire bien difficile à plaquer sur son visage, une tempête faisait rage dans son esprit. Elle s'excusa et décida d'aller retrouver Ethan. Ce soir elle était bien décidée à obtenir des réponses, ce n'est pas en restant seule sur la terrasse qu'elle découvrirait ce qu'il manigançait. Marie allait écouter discrètement toutes les conversations dans l'espoir de découvrir un mystère, une information précieuse.

Un homme l'interpella, étonnée Marie s'arrêta, elle ne le connaissait pourtant pas.

- Toutes mes condoléances mademoiselle PUJOL, je suis désolé pour le décès de votre grand-père.

Marie fronça les sourcils.

- Oh ! Excusez-moi je ne me suis pas présenté, je suis Jonathan SILTER, je tiens une agence immobilière pour des biens d'exception.

Marie surprise ouvrit grand les yeux.

- Je... Je ne comprends pas, excusez-moi, mais quel rapport ?

- Votre... fiancé m'a contacté ce matin, pour me demander si j'avais un client intéressé par une Bastide qu'il voulait vendre au plus vite. Votre grand-père avait présenté dans l'une de ses émissions sa demeure. Elle est absolument superbe, et je dois l'avouer ce côté authentique est très tendance actuellement. J'ai un client qui aimerait la visiter, pensez-vous que cela soit possible ?

Marie resta figée de stupeur.

- Quand... quand avez-vous dit qu'il vous avait contacté ?

- Ce matin, répéta l'homme surpris de sa question. Pourquoi ? Cela pose-t-il un problème ? Oh ! Je suis désolé, j'aurais peut-être dû attendre un autre moment, mais quand je vous ai aperçue, je me suis dit que c'était le moment idéal. C'est rare de finaliser une affaire aussi rapidement surtout avec cette satanée pandémie qui freine l'économie. Remarquez, précisa l'homme en pouffant de rire, pour nous, c'est une aubaine, tout le monde désire une maison avec de l'espace autour pour respirer tranquillement. Les gens ont compris que la nature permettait de se ressourcer, et votre propriété répond à tous ces critères. Mes clients malgré le prix élevé la veulent à tout prix, alors si…

Marie ne le laissa pas finir, elle s'éloigna, s'excusant brièvement, prétextant devoir retrouver une amie. Le cœur battant elle chercha Ethan du regard, il était en pleine discussion avec deux hommes qu'elle ne connaissait pas. Elle s'humecta les lèvres, elle était folle de rage, il la manipulait en permanence. Malgré ses promesses de lui laisser le temps, il continuait de diriger sa vie ne tenant pas compte de ses désirs. Ethan avait toujours agi ainsi et cela ne changerait jamais, il avait osé lui mentir. Seul son avis comptait. Ce trait de caractère qu'elle admirait au début de leur relation, qui lui donnait alors le sentiment d'être auprès d'un homme fort, rassurant, était devenu au fil du temps étouffant. Elle avait l'impression d'être surveillée comme une enfant.

Il tourna la tête dans sa direction et dut percevoir sa colère car il fronça les sourcils, il reporta son regard juste derrière elle, en plissant les yeux. Elle put voir sa mâchoire se crisper, il semblait mécontent, eh bien ! Ce n'était rien à côté de ce qu'elle ressentait. Marie surprise tout de même de sa réaction pivota, et découvrit monsieur SILTER qui l'avait suivie.

- Je suis désolé, insista ce dernier, mais il faudrait que nous discutions rapidement de votre Bastide, mes clients sont pressés.

Marie se retint de soupirer, l'envie de le remettre à sa place était grande, mais après tout ce brave homme n'y était pour rien. Le fourbe, le traitre c'était Ethan qu'elle fusilla du regard. Il dut comprendre la situation, car il s'excusa auprès de ses interlocuteurs et se dirigea rapidement vers elle.

Prise de panique Marie observa les gens autour d'elle. Il lui fallait un peu de temps pour se ressaisir, elle n'allait pas faire un scandale en plein milieu de la pièce. Elle remarqua les toilettes pour femmes, voilà l'endroit parfait pour faire le point sereinement, loin de ce fourbe d'Ethan. Elle fendit la foule rapidement sans même prendre le temps de répondre à ce pauvre monsieur SILTER et soupira de soulagement en refermant la porte derrière elle.

Marie posa ses mains de chaque côté du lavabo, la tête penchée, elle laissa des larmes de désespoir couler. Ses amis soupçonnaient Ethan, elle l'avait défendu, par loyauté, mais ce soir le doute s'emparait d'elle. Ethan n'était pas l'homme qu'elle croyait, Marie avait été aveuglée par la passion si longtemps. Jusqu'où pouvait-il aller pour obtenir ce qu'il voulait ? Il avait affirmé l'aimer, cela Marie n'en doutait pas, mais il ne savait pas ce que ce mot impliquait, et c'était bien là, le cœur du problème. Aimer sincèrement, cela ne signifiait pas contrôler, manipuler, transformer les gens. Elle secoua la tête en reniflant doucement. Samuel lui avait fait découvrir le sens de ce mot. Ce que représentait l'amour véritable, c'était l'expression d'un partage, de la compréhension mutuelle, tout reposait sur la confiance, il respectait ses choix, ses désirs. Il ne cherchait pas à la changer au contraire. Avec lui elle se sentait épanouie, heureuse, elle ne jouait pas la comédie, ne prétendait pas être une autre. Marie redressa les épaules, dans le fond, elle devrait être soulagée, cela la confortait dans sa décision de le quitter, oui mais... elle s'en voulait tellement de s'être leurrée sur leur relation. Comment peut-on vivre avec une personne sans la connaître ?

La porte ne cessait de s'ouvrir et de se fermer, ce n'était peut-être pas l'endroit idéal pour faire une introspection de son existence, elle grimaça de dépit. Une femme vêtue de rouge se tenait juste derrière elle, fixant son reflet dans le miroir, Marie pivota lentement, elle l'avait croisée dans les bureaux d'Ethan, que lui voulait-elle ?

- Oh ! Excusez-moi je ne voulais pas vous déranger.

Marie intriguée essaya d'esquisser un sourire tremblant, tout en s'essuyant les joues.

- Je suis désolée, je... suis fatiguée.

- Je peux le comprendre, vous avez perdu votre grand-père très récemment.

Marie scruta attentivement son interlocutrice. Elle devait avoir son âge, son regard doux la rassura.

- Je ne me suis pas présentée, veuillez me pardonner, mon nom est Océane Dupin.

Le regard de Marie se posa sur son appareil photo qu'elle portait autour du cou, elle se raidit.

- Oh non ! Je ne suis pas une journaliste, pas du tout. La société de votre mari m'engage lors d'évènements exceptionnels, des soirées, des inaugurations, afin de prendre les invités qui le désirent en photo.

- Ce n'est pas mon mari, juste mon... fiancé, Marie se retint de préciser qu'en fait c'était plutôt ex-fiancé, mais cela ne regardait pas cette jeune femme. Elle ne comprenait d'ailleurs pas ce qu'elle lui voulait.

- Je... toutes mes condoléances pour votre grand-père, c'était un homme charmant. Je l'ai rencontré lors de la dernière réception.

Marie fronça les sourcils, elle ne se souvenait pas avoir croisé cette jeune femme auparavant, mais il est vrai qu'elle passait assez inaperçue.

- Oui, j'essaye de ne pas me faire remarquer. Lorsque les gens s'attendent à être photographiés, ils prennent la pause, et perdent cette spontanéité qui fait toute la beauté d'une photo.

Marie qui était passionnée par cet art, hocha la tête, elle la comprenait. Elle-même adorait, prendre le ciel en photo, les couleurs étaient si spectaculaires elle ne s'en lassait pas. Certains de ses clichés étaient encadrés et ornaient les murs de sa petite librairie.

La jeune photographe sortit de son sac en bandoulière une enveloppe, qu'elle lui tendit.

- J'ai rencontré votre grand-père juste avant la dernière fête. Nous étions dans les bureaux de monsieur CARDWELL votre... fiancé

Marie se retint de grimacer, ce mot la dérangeait maintenant.

- Vous étiez en train de discuter avec lui dans son bureau, et votre grand-père attendait dans le hall. Comme je le connaissais grâce à ses émissions je me suis approchée. Vous savez je l'aimais beaucoup c'était un homme si simple, si gentil.

Marie sentit un gros nœud lui obstruer la gorge, il lui manquait tant. Elle essaya de se souvenir de cette visite, effectivement Ethan était pressé comme d'habitude. Il s'était montré à peine poli avec son grand-père, elle l'avait suivi dans son bureau pour lui exprimer son mécontentement. Il avait d'ailleurs été surpris de sa réaction, lui avouant avoir une réunion très importante juste après, et il avait prétendu que la présence de Marie le déconcentrait. À l'époque elle avait accepté ses explications, Ethan était si perfectionniste, mais elle n'avait aucun souvenir de la jeune femme.

Océane, extirpa de l'enveloppe deux clichés, sur la première on voyait son grand-père en train d'étudier les plantes du mur végétal qui ornait le hall.

- Je trouve que cela le représente bien, murmura la jeune femme près d'elle, il ne m'avait pas vue. L'autre me plaît beaucoup moins, mais votre grand-père avait insisté pour que je la prenne, le cadre, la lumière, rien ne méritait un tel cliché, mais il y tenait absolument.

Marie fronça les sourcils, papy avait un air énigmatique sur le visage, son sourire avait disparu, effectivement cette photo n'avait rien de sensationnelle surtout par rapport à la première. Il posait devant un bureau, la porte derrière lui, était ouverte, c'était une scène banale.

- Il m'avait demandé de les lui poster chez lui, mais comme une idiote j'ai perdu son adresse. Quand j'ai appris son décès je me suis dit que vous aimeriez les avoir en souvenir et...

La jeune femme piteusement baissa la tête, elle se racla la gorge avant de reprendre.

- Enfin bref ! Je dois l'avouer, je crains un peu votre... fiancé, il a l'air, oh ! Excusez-moi je ne devrais pas vous dire cela, mais il m'impressionne. Alors quand j'ai su que vous seriez là ce soir, j'ai pensé à prendre l'enveloppe pour vous la remettre en main propre. Nous nous sommes croisées au bureau, mais je n'ai pas osé vous aborder. J'espère que vous ne m'en voulez pas de vous avoir suivie aux toilettes ?

Marie fixait les photos le cœur battant. Serait-ce la fameuse preuve que papy attendait ? Pourtant il n'y avait rien de spécial sur ces clichés. Elle releva la tête et se rendit compte qu'Océane l'observait.

- Oh ! Euh ! Non au contraire, répondit-elle en esquissant un sourire, vous avez très bien fait. C'est un magnifique cadeau qui me touche énormément. J'adore celle devant ce mur de végétation elle est sublime, la lumière, les couleurs, et son sourire si naturel, oui c'est bien lui. Je vais l'encadrer. Je vous dois combien ?

- Rien du tout, s'empressa de répondre Océane, je suis bien trop contente de vous faire plaisir. Je voulais jeter la seconde elle n'a aucun intérêt artistique, mais j'ai pensé que... enfin... comme ce sont probablement ses dernières photos, il me semblait important de vous la remettre aussi.

Marie essuya une larme qui venait de couler sur sa joue. Elle prit la jeune-femme dans ses bras pour la remercier.

- Bon ! Je vais vous laisser, je dois photographier les invités, je travaille ce soir, rétorqua Océane avec émotion.

Marie remit les photos dans l'enveloppe qu'elle rangea délicatement dans sa pochette. Elle sortit des toilettes, et fut surprise de découvrir Ethan qui l'attendait, appuyé contre le mur, les bras croisés.

Elle se crispa immédiatement.

- Marie, soupira-t-il, c'était pour ton bien, pour t'aider à passer ce cap douloureux.

- Je te l'ai déjà dit, je garde cette Bastide, affirma-telle en ponctuant chaque syllabe.

Ethan sembla étonné par sa détermination, il regarda autour d'eux.

- Ce n'est pas l'endroit pour en discuter, dit-il en la prenant par le bras.

Marie se dégagea, ne supportant plus son contact.

- Je rentre !

- Non ! Nous avons des obligations, Marie ne mélange pas tout. J'ai mal agi, j'ai eu tort, excuse-moi, mais ce soir faisons comme si...

Comme si.... Marie avait l'impression que cela résumait bien ces deux dernières années, elle eut un petit rire sardonique.

- Oui ! Sauvons les apparences, c'est tout ce qui compte pour toi, n'est-ce pas ? Alors un conseil, ne m'approche pas de la soirée, sinon je risque de ne pas maîtriser ma colère.

Ethan la dévisagea longuement, le regard sombre de Marie, avait un éclat de fureur, son visage si doux, exprimait toute sa colère. Il opina de la tête et se retira discrètement.

Toute la soirée, ils firent en sorte de s'éviter, elle l'apercevait de loin et à sa posture elle voyait combien il était crispé, il se tenait très raide, son sourire était factice. Tant pis pour lui ! Elle en avait assez qu'il la manipule en permanence. Ce soir elle n'avait peut-être pas découvert l'assassin de papy, mais au moins sa situation personnelle était clarifiée, et sa décision de le quitter conforter.

Le temps sembla s'écouler avec lenteur. Quand les premiers invités s'en allèrent elle soupira de bonheur. Enfin ! Son calvaire allait prendre fin. Ethan s'approcha doucement d'elle, d'un pas hésitant, il avait les traits tirés, son visage exprimait sa lassitude. Il la prit par le coude et l'entraîna vers leur véhicule qui les attendait devant la porte.

- Mais je n'ai pas salué Greg et tes derniers invités.

- Aucune importance je l'ai fait pour toi, j'ai prétendu que tu étais fatiguée, certains ont trouvé que tu avais une petite mine, j'ai même eu droit à des allusions sur ma prochaine paternité. Il ricana, c'est ironique n'est-ce pas ? Je n'ai jamais voulu de famille et pourtant Marie, ce soir j'aurais aimé qu'ils aient raison, avoua-t-il en mettant le contact.

Marie resta bouche-bée, il lui avait répété à maintes reprises, qu'il ne désirait pas d'enfant et voilà qu'il avait des regrets. Décidément elle ne le comprendrait jamais, mais aujourd'hui elle n'en n'avait plus envie. Samuel lui avait fait découvrir ce qu'était une vraie relation basée sur la confiance, la compréhension de l'autre, avec Ethan elle ne savait jamais à quoi s'attendre, ce qu'il pensait. C'était à la longue épuisant, et au final, cela avait eu raison de leur relation.

Lorsqu'ils arrivèrent dans l'appartement, Marie se dirigea vers la chambre d'amis avant de se raviser.

- Je refuse de dormir avec toi ce soir, c'est terminé Ethan, tu ne me manipuleras plus. J'ai respecté ma parole, la soirée est passée. Je prends juste quelques affaires dans notre chambre pour demain matin.

- Marie, supplia-t-il en tendant la main. Accorde-nous une dernière chance. Nous partirons en vacances pour nous retrouver. Un ami me prête sa maison dans une île paradisiaque.

Marie ouvrit la bouche pour rétorquer. Encore une fois il avait décidé pour elle. Il ne changerait donc jamais.

- Bonne nuit Ethan, je suis fatiguée nous en reparlerons demain, là je risque de devenir désagréable.

Ethan observa les cernes sous les jolis yeux de Marie, il pivota et referma la porte de sa chambre.

Marie était soulagée de se retrouver seule. Elle sortit l'enveloppe des photos qu'elle regarda une nouvelle fois. Sur la première, papy semblait si heureux, elle passa la main délicatement sur le cliché, comme pour s'imprégner de sa joie. La deuxième photo la dérouta, elle était banale sans intérêt, pourquoi avait-il insisté pour qu'Océane la prenne ? En soupirant elle les rangea dans son sac à main. Elle prit une longue douche pour se délasser et s'allongea dans ce grand lit froid. Elle avait fait le bon choix, elle n'aurait pas supporté la proximité d'Ethan. Marie eut du mal à trouver le sommeil, son esprit s'agitait, elle revoyait le sourire de papy, son regard si tendre.

Elle se leva le lendemain matin avec le sentiment d'être encore plus fatiguée que la veille. Elle resta un long moment assise dans son lit à réfléchir aux évènements de la veille. L'heure de la confrontation avec Ethan avait sonné, elle allait l'informer de son départ, sa décision était irrévocable.

# CHAPITRE 12

En pénétrant dans le salon, Marie se figea. Ethan vêtu d'un costume sombre, était assis dans un fauteuil, il se tenait légèrement penché en avant, il avait posé ses coudes sur ses cuisses et les mains croisées sous son menton, il ne la quittait pas des yeux. Elle ressentit une profonde douleur dans son regard, d'un pas hésitant, elle s'approcha doucement, posa son sac à main sur la table basse.

- Assieds-toi ! Ordonna-t-il en lui indiquant d'un signe de tête le fauteuil près de lui.

Marie stupéfaite par son air grave ne posa aucune question.

- Depuis quand le sais-tu ?

Elle fronça nerveusement les sourcils.

- Tu parles de quoi ? Demanda-t-elle d'une voix légèrement tremblante.

Il se pencha et ramassa au sol un objet qu'il posa sur la table basse, devant eux.

Marie sentit un froid glacial la pénétrer de toute part, c'était le shampoing d'Ethan.

- En prenant ma douche ce matin, j'ai trouvé ça dans la poubelle, c'est étrange non ? Son regard gris avait pris une teinte métallique qui la déstabilisa.

Elle déglutit avec peine, s'humectant les lèvres devenues subitement sèches.

- Et alors Ethan, où veux-tu en venir ?

Il ricana tristement.

- Depuis quelques temps il y avait des fuites. Dernièrement le nom de ma société est apparu. Ces rats d'égout ne lâchent rien.

- Que… quels rats d'égout ? Reprit-elle le cœur battant.

- Ces complotistes, ces lanceurs d'alerte, ces bons à rien, qui passent leur vie derrière leur écran, répondit-il d'une voix plus dure, mais toi Marie, tu es la dernière personne que j'aurais soupçonnée.

Elle se mit à trembler de façon incontrôlable.

- Je…

- Oh ! Pitié Marie ne me mens pas, c'est ce que j'ai toujours aimé chez toi, ton honnêteté.

Lentement il défit le bracelet de sa montre qu'il posa près du shampoing.

- C'est ça que tu voulais vérifier ? demanda-t-il en mettant son poignet devant le visage de Marie. C'est pour ça que tu as jeté la bouteille dans la poubelle ? Tu voulais t'assurer que je faisais bien partie de cette conspiration ? Je comprends mieux tes petits regards vers ma montre quand nous étions au restaurant. Tout s'explique n'est-ce pas ?

Le tatouage du soleil la figea un peu plus, Ethan tira sur la manche de sa chemise pour le dissimuler à son regard, comme si la vue de cette preuve le dérangeait.

- Un activiste que nous surveillons de près, a cité ma société comme faisant probablement partie du complot, il a aussi parlé d'un signe distinctif un soleil. Nous recherchions l'informateur, il ricana tristement, quand je pense qu'il était sous mon toit, dans mon propre lit.

- Je ... je n'en n'ai parlé à personne de ton tatouage.

- Mais tu n'aurais pas tardé à le faire, tu voulais d'abord en avoir confirmation, murmura-t-il d'une voix émue.

Les joues de Marie devinrent cramoisies. Il se leva brusquement, arpentant de long en large la pièce, passant nerveusement ses mains dans ses cheveux. Tout à coup il s'arrêta face à elle, se penchant légèrement, il ouvrit en grand les bras.

- Tu ne comprends pas, que tout ce que j'ai fait c'était pour te protéger. Tu es la seule belle chose de ma vie, tu m'as montré ce qu'était l'amour. Je t'avais prévenue, ma vie est secrète et doit le rester. Tu ne pourrais pas comprendre les enjeux, chaque erreur se paye cash. Chaque problème est éliminé immédiatement, rien ne doit filtrer.

Était-ce une menace ? À ces mots Marie crispa ses mains sur les accoudoirs de son fauteuil, mais le besoin de comprendre était plus fort que la peur, bravement, elle affronta son regard.

- Que s'est-il passé Ethan ? Tu étais au courant pour le meurtre de papy ?

Il grimaça, le visage blême.

- C'était un vieil idiot, il aurait dû rester à sa place, rien de tout cela ne serait arrivé. Il a tout gâché.

Marie stupéfaite, ouvrit grand la bouche.

- Quoi donc Ethan ? Ne me dis pas que tu l'as fait tuer ? Sa voix vibra de colère.

- Non ! Non ! Je n'ai pas ordonné son exécution.

Marie se laissa de nouveau retomber contre le dossier du fauteuil, elle soupira de soulagement, mais le regard grave d'Ethan la figea.

- Je m'en suis chargé moi-même.

Un froid glacial fit frissonner Marie, son sang se figea dans ses veines. Elle avait dû mal entendre, c'était impossible, impensable. Elle avait douté de lui, mais au fond de son cœur, elle repoussait cette éventualité, c'était si horrible, si inacceptable.

- Quoi ? Marie prise d'une rage incontrôlable se leva, martelant de ses poings serrés la poitrine d'Ethan.

- Tu n'es qu'un assassin ! Un monstre ! Comment as-tu pu lui faire cela ? Je te hais, je te déteste, tu m'entends Ethan. Je vais te traîner devant les tribunaux, tu vas payer pour ce crime.

Ethan, se saisit des poignets de Marie, il la força à baisser les bras, l'approchant un peu plus près de lui.

- Personne ne te croira, on pensera que le décès de ton grand-père t'a perturbée. Je pourrais même te faire interner sans avoir à me justifier. Justement c'est par amour pour toi, que je m'en suis chargé moi-même. Je ne me salis jamais les mains directement. Je voulais que cela soit fait proprement.

Proprement ! Marie n'arrivait plus à respirer, il attendait quoi des remerciements ?

- Tu n'es qu'un horrible psychopathe, il faisait partie de la famille Ethan, la famille ! On n'y touche pas, il avait confiance en toi. Il était tout pour moi, tu m'entends, tout ! Que s'est-il passé ? Tu me dois bien ça... la vérité. Si ce mot a encore une valeur pour toi.

Ethan pinçait les lèvres. Des rides apparurent de chaque côté de sa bouche, il respirait difficilement.

- Il m'a fait part de ses doutes lors de sa dernière visite, il ne t'avait rien dit car il ne voulait pas t'inquiéter. Et puis il m'a annoncé avoir une preuve irréfutable de l'implication de ma société, mais n'a pas voulu me la montrer. Je devais le stopper avant qu'il ne soit trop tard. J'ai essayé Marie de le dissuader d'aller plus loin, je te le jure, mais ce vieux fou était têtu.

- Il était épris de justice ! Il avait des convictions, c'était l'homme le plus doux, le plus sincère que je connaisse, murmura Marie d'une voix brisée. C'était cette fameuse preuve que tu cherchais dans son bureau ? La raison pour laquelle tu avais envoyé tes sbires ?

Il baissa la tête piteusement, son attitude était un aveu pour Marie.

- Comment as-tu pu t'en prendre à lui ?

- Il n'a rien voulu entendre, je l'ai mis en garde, l'informant que c'était dangereux de poursuivre son enquête, il me croyait innocent, victime d'une machination, pensant que Greg était l'instigateur de tout ça, il ne savait pas pour le tatouage, Ethan ricana doucement. Il n'avait aucune idée de ce qu'il avait découvert, de la puissance de notre organisation.

- Il était honnête, et comme tu faisais partie de la famille, il voulait te protéger, te sauver, mais toi... toi ... tu n'as pas hésité à l'éliminer froidement.

- Je l'ai fait pour toi, devant l'air ébahi de Marie, il insista, oui ! J'ai voulu te préserver, cela a toujours été ma seule préoccupation. Si on avait fait le lien entre Pierre et les dernières fuites, ils n'auraient pas hésité à t'éliminer aussi.

- Qui ils ?

- Les puissants de ce monde Marie, ils dirigent, contrôlent tout, nous ne sommes que des pions sur leur échiquier. Ton grand-père avait découvert le projet CHIMÙ, sa signification. Les rumeurs se sont répandues. Nous ne savions pas qui en était à l'origine. On surveille de près tous ces rats, ces lanceurs d'alerte. Quand il m'a avoué sa découverte, j'ai compris que je devais agir rapidement pour te protéger, ils s'en seraient pris à toi.

- Oh ! Je devrais peut-être te remercier, hurla Marie en essuyant ses larmes.

Elle réalisa alors qu'Ethan lui avait lâché les poignets, il se tenait les bras ballants devant elle. Ne supportant plus son contact, ni sa proximité elle recula, ses mollets heurtèrent le fauteuil juste derrière elle.

- En acceptant de me salir les mains, en me chargeant moi-même de Pierre, j'ai évité que les soupçons se portent sur lui. J'étais seul au courant de ses découvertes. Je pensais en avoir fini avec ça.

- Attends ! Ça ! Tu veux dire papy ? Mais tu es fou Ethan. C'était la personne que j'aimais le plus au monde, tu croyais que j'allais accepter cette sordide histoire de suicide sans sourciller ?

Il grimaça en penchant la tête.

- Tu as changé, la jeune fille rencontrée il y a deux ans, aurait cru à ce scénario, mais depuis quelque temps, ton caractère s'est affirmé.

- J'ai vieilli ! C'est ce qui arrive Ethan dans la vie. Je ne suis plus cette petite fille malléable que tu modelais selon tes désirs. Oh mon Dieu ! Pauvre papy, il a dû être atterré quand il a compris que tu allais le tuer.

- Il n'a rien vu, je te le jure, c'est pour cette raison que je m'en suis chargé moi-même. Je me suis rendu chez lui à la Bastide, mais il venait de partir. J'ai pris la direction du village et je l'ai aperçu à la sortie de la boulangerie. Ethan secoua la tête en évoquant ses souvenirs. Pierre était étonné de me voir là. Je lui ai dit que j'avais des révélations à lui faire. Il a cru à mon innocence jusqu'au bout. J'ai insisté pour lui parler dans un endroit discret, nous étions près de la rivière, il adorait ce lieu. J'espérais lui faire donner le nom de ses contacts, mais ce vieux fou, ne cessait de me détailler le projet CHIMÙ, son désir de te protéger toi ! Il voulait préserver le monde.

Marie écoutait attentivement, le cœur battant.

- Moi aussi  c'est ce que je voulais Marie. J'ai compris que je ne pourrais pas le raisonner, il parlait, il parlait, tu sais comme il pouvait se montrer enthousiaste quand un sujet le passionnait.

Marie hocha doucement la tête, les larmes ruisselaient sur ses joues.

- À un moment il s'est tu, il regardait fixement le cours de la rivière, je me suis approché doucement et j'ai pointé mon arme sur sa tempe, il n'a pas eu le temps de réaliser, je t'assure Marie, il n'a pas souffert, sa mort a été instantanée.

Marie étouffait littéralement, des papillons apparurent devant ses yeux, cette horrible scène prenait forme dans son esprit.

- Tu l'as abattu de sang-froid, murmura-t-elle d'une voix émue, brisée par le chagrin.

- Uniquement pour te protéger.

- Et toi aussi ! Tu me prends pour une idiote, si les soupçons se portaient sur moi, tu étais toi aussi impliqué. D'après ce que tu dis, ils n'auraient pas hésité à t'éliminer par la même occasion, n'est-ce pas ?

- Rien ne les arrête Marie.

- Et pour l'arme, comment as-tu fais ? Papy n'en n'avait pas.

- Un jeu d'enfant, je l'ai enregistrée à son nom, en antidatant la date d'acquisition. Ils contrôlent tout, leur pouvoir est immense, tu n'imagines même pas. D'ailleurs la police a probablement tout fait pour te dissuader n'est-ce pas ?

À ce souvenir Marie sentit la rage affluer en elle comme un torrent. Elle comprenait mieux la réaction des enquêteurs, leur volonté d'en finir avec cette affaire, leur désir de la classer.

- Tu es à leur solde, leur homme de main, tu me dégoûtes Ethan. Tu fais leur sale boulot et rien ne t'arrête. Tu n'es qu'un criminel en col blanc. Quel est ton rôle précisément dans cette maudite conspiration ?

Ethan se raidit sous l'insulte, il se mordilla les lèvres.

- Nous le faisons pour la bonne cause, pour sauver l'humanité. Je... je suis chargé de mettre en relation les bonnes personnes.

- Comme ce fameux Nikos STAVROPOULOS avec le laboratoire responsable de la fuite ? Où bien ce célèbre milliardaire avec FULMORT ?

Ethan la regarda un long moment en silence, il semblait étonné par ses connaissances.

- Tu ne sais pas de quoi tu parles, je te le répète, nous faisons cela pour aider, pour préserver des vies, éviter une catastrophe mondiale.

Marie ricana.

- Oh ! Comme c'est pratique de se donner bonne conscience. Tu parles ! Et les milliards engrangés par les laboratoires, c'est aussi pour le bien de l'humanité ? Les victimes sont juste des dommages collatéraux ? Parce qu'ils ont la puissance et l'argent, ils se croient tout permis, la vie humaine n'a aucune valeur pour eux, alors ils se trouvent des excuses pour justifier leurs actions, leurs crimes.

Marie se dirigea vers leur chambre, mais décida une dernière fois de l'affronter, elle pivota vers lui.

Il se tenait devant elle, les épaules voutées, l'image même d'un homme accablé, brisé. Marie n'éprouvait que de la haine envers lui, jamais elle ne pourrait lui pardonner. Non ! Il ne lui faisait pas pitié, qu'il aille brûler en enfer ! Pensa-t-elle.

Fébrilement, le regard fou, il s'approcha d'elle, mit ses mains sur ses épaules.

- Donne-moi le nom de tous ses contacts, je pourrais peut-être encore tout arranger avant qu'il ne soit trop tard.

Marie le dévisagea avec mépris, elle se dégagea rudement et recula d'un pas.

- Je ne te laisserai pas faire Marie, j'ai passé ma vie à bâtir mon empire, je ne peux pas tout perdre.

- Quoi ? Tu veux t'en prendre à moi, c'est ça ? Tu envisages quoi ? Une overdose de médicaments ?

Ethan secoua tristement la tête.

- Jamais je ne pourrais te faire du mal, je préfère mourir que de lever la main sur toi, et personne ne t'atteindra, je te le promets.

- Et je dois te croire, c'est ça ? Je fais ma valise, je te quitte, mais cette enquête n'est pas terminée loin de là. Je me battrai pour que tu ailles croupir en prison, pour faire éclater la vérité. Tu n'es qu'un monstre Ethan, une ordure de la pire espèce. Et ne t'avise pas de dire que c'était pour mon bien. Nous savons tous les deux que c'était surtout pour toi ! Sois honnête au moins une fois dans ta vie.

Ethan ouvrit la bouche pour rétorquer, mais la sonnerie de son téléphone brisa le silence, il regarda le nom de son interlocuteur, puis reporta un regard douloureux sur Marie.

- Oui c'est dur à croire, mais je te le jure, je t'aime Marie n'en doute jamais. Pour te protéger, j'aurais fait n'importe quoi. D'ailleurs l'heure de la vérité a probablement sonné, dit-il en secouant son téléphone tristement. Le temps est venu de tout révéler. Il s'approcha d'elle doucement.

- Oui je t'ai aimé. Pour la première fois de ma vie j'avais quelque chose de précieux, de fragile. J'ai juste eu peur de tout perdre.

Marie se recula furieuse.

- Mais tu as tout perdu Ethan, je te déteste ! Tu m'entends je te déteste !

Elle pénétra dans leur chambre et claqua la porte derrière elle. Marie se jeta sur le lit en sanglotant longuement Elle n'arrivait pas à effacer de son esprit la scène sordide de l'assassinat de son grand-père.

Elle se redressa difficilement, abattue, brisée par ces révélations. Ce monde était fou ! Ils avaient tous perdu l'esprit. De rage, elle se leva, puis commença à vider ses tiroirs, engouffrant ses affaires dans une valise à la va-vite.

En ressortant, elle constata qu'Ethan avait quitté l'appartement, elle saisit son sac à main posé sur la table basse. S'il croyait échapper à la justice il se leurrait. Où qu'il aille, elle le dénicherait.

Dans un état second elle déambula dans les rues de Paris, les larmes coulaient sur ses joues. Elle sentait le regard compatissant des gens qu'elle croisait. Bienheureux, les innocents qui n'avaient aucune conscience d'avoir été abusés, utilisés dans une conspiration machiavélique. Elle eut à peine le temps d'ouvrir sa librairie, de laisser sa valise près du comptoir, que la porte s'ouvrit en grand sur Jeannine et Samuel. Ce dernier se précipita pour l'enlacer tendrement et Marie laissa exploser son chagrin, elle hoquetait de désespoir.

# CHAPITRE 13

- C'était lui ! Hurla-t-elle entre deux sanglots, il l'a tué, il l'a tué.

Jeannine porta une main à son cœur, elle vacilla, choquée par cette annonce. Samuel l'entraîna vers le canapé au fond de la librairie, il l'obligea à s'asseoir. Marie totalement effondrée, raconta les aveux d'Ethan.

Samuel avait passé un bras autour de ses épaules, Jeannine avait pris place de l'autre côté, prenant une de ses mains dans les siennes.

- On s'en doutait un peu, mais savoir qu'il l'avait lui-même exécuté là, je l'avoue, je ne m'y attendais pas, murmura Jeannine avec émotion.

Marie renifla doucement, elle se sentait brisée, épuisée.

- Il paiera Marie, pour ce crime, je te le promets, précisa Samuel avec détermination.

- Et comment ? On ne peut même pas se fier à la police, on ne sait pas qui en fait partie.

- Nous communiquerons le maximum d'infos à mon contact, tout sera révélé sur les réseaux sociaux. C'est une arme redoutable qui leur fait peur, ils n'arrivent pas à contrôler tout ce qui se publie cela va trop vite. Nous y arriverons Marie, on ne lâchera rien. Ils ne sont pas aussi intouchables qu'ils le pensent.

- Oui mais en attendant nous ne savons toujours pas quelle était la preuve de papy ? Fit remarquer Jeannine en soupirant.

Samuel fronça les sourcils.

- C'est vrai ça, tu n'as rien appris au cours de cette soirée ?

Marie fit un signe de négation.

- Tu n'as parlé à personne ? Insista Jeannine.

- C'était une soirée, donc forcément j'ai croisé énormément de monde, mais c'était juste des banalités, oh ! Mais...

- Quoi donc ? Demanda Samuel en voyant l'air figé de Marie.

- J'ai croisé une jeune photographe qui travaille pour la société d'Ethan, elle avait rencontré mon grand-père lors de la précédente soirée, elle l'avait photographié, mais je n'ai rien vu de spécial sur les clichés.

- Tu as les photos ? La coupa Samuel avec empressement.

- Oui dans mon sac, dit-elle en se penchant pour le ramasser.

Elle en extirpa l'enveloppe, leurs regards émus, s'attardèrent sur la première, il posait devant ce mur végétal et semblait alors si heureux. Jeannine ne put retenir ses larmes.

- Oh là là ! Dans quel pétrin il a été se fourrer ce grand idiot. Il me manque tant, murmura-t-elle tristement.

Samuel regarda attentivement la seconde photo.

- Celle-là n'a aucun intérêt artistique, la photographe elle-même l'a reconnu, mais papy avait insisté pour avoir une photo de plus.

- Pourtant elle me semble bien intéressante au contraire ! Affirma Samuel qui étudiait avec attention le cliché.

Les deux femmes se regardèrent, étonnées par sa réaction. Il posa la photo sur la petite table devant eux, et sortit son téléphone pour la photographier.

- Mais tu fais quoi là ? L'interrogea Jeannine dévorée par la curiosité.

- Je pense que tout est là.

- Tout quoi ? S'enquit Marie le cœur battant. Tu crois que c'est la fameuse preuve que nous cherchions ?

- Bingo ! Regardez mesdames dit-il en leur tendant l'appareil. Ce qui compte n'est pas devant mais en arrière-plan.

- Un bureau ? C'est ça qui te met dans cet état ? Demanda Jeannine en ouvrant grand les yeux.

Samuel pouffa de rire.

- Ah là là ! Tout est dans les détails. Marie tu nous as bien dit que ce jour-là tu avais rendu avec Pierre une visite surprise à Ethan ?

Marie fronça les sourcils.

- Oui, il n'était d'ailleurs pas content de ma venue, il détestait que j'arrive à l'improviste, il avait une réunion importante et il était stressé.

- Justement, regarde où pose Pierre ?

Marie se pencha un peu plus.

- Devant la salle de conférence.

- Oui il semblerait qu'ils étaient en train de tout mettre en place. On distingue des employés dans la pièce, mais maintenant, dit-il en zoomant sur un point précis, regardez plus attentivement.

- c'est quoi ? Demanda Marie.

- Ce que nous cherchions, un genre d'organigramme mettant en évidence la nébuleuse, les différentes sociétés apparaissent. On voit celle de ton.... Il se racla la gorge, d'Ethan, puis là, c'est celle de ...

- Nikos STAVROPOULOS, la SORPHOS, précisa Jeannine avec stupéfaction.

- Oui ! Confirma avec émotion Samuel. Pierre avait réussi à faire la connexion entre les différentes sociétés. Oh ! Incroyable, regardez la SITCOR une société de notre cher philanthrope a une relation évidente avec... devinez qui ? FULMORT. C'est une preuve capitale, cela prouve que tout est lié. C'est incroyable, je n'en reviens pas. Ils cachent bien leurs liens, tout est opaque, c'est leur sécurité, cela leur permet de tirer les ficelles en coulisses comme on dit. Comme ils préparaient la salle, la porte est restée ouverte, et Pierre a dû remarquer le nom de la SORPHOS.

- Oui mais il ne s'est pas méfié suffisamment d'Ethan. Pourtant il savait qu'il en faisait partie, fit remarquer Marie d'un air abattu.

Samuel la regarda longuement avec gravité.

- Il pensait peut-être qu'il n'avait qu'un rôle mineur, qu'il ne se rendait pas compte de tout ce que cela impliquait, qu'il se faisait probablement manipuler. Pierre ne voyait pas le mal, il recherchait la bonté dans chacun d'entre nous et vu sa relation avec toi, il a dû croire qu'il pouvait lui faire confiance.

Marie cacha son visage dans ses mains.

- Mon Dieu, si je n'avais pas rencontré Ethan, rien de tout cela ne serait arrivé. Tout est ma faute.

- Oh ! Ne redis jamais cela, s'insurgea Jeannine. Tu n'y es pour rien.

- Elle a raison, reprit Samuel, tu ne pouvais pas savoir. Comme l'aurait dit Pierre, tout est écrit, il n'y a pas de hasard dans la vie, notre destin est tracé. Je vais m'empresser de communiquer ces documents. Tu vois Marie on les aura. Il y a déjà un scandale retentissant, les profits faramineux résultant de cette pandémie, provoquent l'éveil des consciences, de plus en plus de personnes s'interrogent.

Ce fut le bruit de la porte d'entrée qui les alerta. Marie se leva prestement essuyant ses yeux une dernière fois. Samuel rangea les photos dans l'enveloppe qu'il dissimula dans le sac de Jeannine, cette dernière allait s'offusquer quand il lui mit la main devant sa bouche pour la faire taire.

En se dirigeant vers l'entrée, Marie sentit un frisson d'appréhension la parcourir, Greg se tenait juste devant son comptoir. Elle essaya de faire bonne figure, mais son esprit s'agitait dans tous les sens. Que faisait-il là ?

Il s'approcha et l'observa avec attention.

- Tu as pleuré ?

- Euh ! Non, c'est juste que nous sommes rentrés très tard hier, j'ai mal dormi, je suis épuisée, dit-elle tout en levant sa main vers sa bouche pour bailler à s'en décrocher la mâchoire.

Quelle piètre actrice ! Mais c'est tout ce que son imagination avait élaboré en si peu de temps.

- Je suis surprise que fais-tu là Greg ?

Il semblait préoccupé.

- Je dois te parler, ce n'est pas... facile, avoua-t-il en grimaçant.

Il obligea Marie à s'asseoir sur sa chaise derrière son comptoir. Elle se laissa faire, intriguée par son comportement. Une question revenait en boucle, que faisait-il là ?

Il s'accroupit devant elle, et se saisit de ses mains.

- Je dois t'annoncer une terrible nouvelle.

À ces mots le cœur de Marie s'emballa sur un rythme frénétique. Elle n'arrivait plus à prononcer un seul mot, se contentant de le fixer.

- C'est... Ethan.

- Quoi Ethan ?

- Il s'est produit un accident.

Marie ouvrit grand la bouche.

- Il marchait sur le trottoir, quand une voiture a surgi de nulle part, et l'a percuté. Il... il est mort sur le coup. Le chauffard s'est enfui, mais on le retrouvera, je te le promets. Je suis désolé Marie de te l'apprendre ainsi, mais il n'y a pas de bonne manière.

Marie était stupéfaite, mort ! Il était mort ! C'est vrai qu'elle l'avait souhaité dernièrement, mais ce n'était que l'expression d'une profonde colère, mais là... Cette vérité assénée froidement, la fit trembler de tous ses membres.

- C'est impossible, il allait bien ce matin, murmura-t-elle d'une voix émue. Je l'ai vu, il allait bien et puis Ethan était sportif, il aurait pu l'éviter ce véhicule. Tu dois te tromper, je veux le voir, s'écria-t-elle avec rage.

- Je ne crois pas que cela t'aidera, il a été touché à la tête.

- Je...veux...le voir, répéta Marie en martelant chaque mot.

Greg sembla évaluer sa détermination, puis il hocha doucement la tête.

- D'accord, mais je reste avec toi, je luis dois bien ça. Ethan était mon ami. Je prendrai soin de toi Marie, tu ne manqueras de rien, Ethan avait pris toutes ses précautions pour assurer ton avenir s'il devait lui arriver quelque chose. Je m'occuperai de tout.

Il se redressa et heurta la valise qui se trouvait près du comptoir.

- C'est quoi ça ? Tu partais en voyage ? Demanda-t-il d'un air suspicieux, en plissant des yeux.

Marie déglutit avec peine, là, son imagination lui fit défaut.

Jeannine et Samuel apparurent alors comme par magie, Greg les détailla avec attention, avant de se retourner vers Marie.

- Je croyais que tu étais fermée ?

- Je... Marie ne put en dire plus, Samuel la coupa.

- C'est notre faute, nous reprenons la route avec ma mère, précisa-t-il en se saisissant de la valise, mais comme elle craint le trajet en voiture, j'ai insisté auprès de cette charmante jeune femme pour acheter un livre.

Marie le regarda poser le recueil devant elle.

- Oui ce livre va me permettre de tout savoir sur ...les chats, je les adore, précisa Jeannine d'une voix tremblante, et mon... fils me l'a conseillé.

- Tu encaisses, et ensuite nous y allons Marie, ordonna Greg.

Marie hocha docilement la tête.

Jeannine s'interposa entre Greg et Samuel, et ce dernier discrètement lui recommanda de ne rien dire, quoi qu'il arrive.

Marie était sous le choc, Ces gens tuaient sans le moindre scrupule, car elle était persuadée que la mort d'Ethan était bien liée à leur conspiration. Greg attendit sur le trottoir qu'elle verrouille la porte. Elle s'installa dans sa berline luxueuse.

- J'aurais préféré que tu m'écoutes, ce n'est pas joli à voir, dit-il en crispant ses mains sur le volant.

- Au fait comment savais-tu où me trouver ?

Greg la regarda tendrement.

- Il m'avait dit que c'était ton refuge, ton petit coin de paradis. Je suis d'abord passé à l'appartement mais comme tu n'y étais pas, je suis venu directement ici.

Marie soupira, de désespoir, Elle avait l'impression d'être montée dans un train fou, lancé à pleine vitesse. Elle ne contrôlait plus rien. Tout le reste du trajet, Marie se mura dans un profond silence. Greg ne sembla pas s'en étonné, il devait la croire en état de choc, ce qui n'était pas loin de la vérité.

Greg l'accompagna en lui tenant le coude, le cœur battant la chamade, elle ne prêta aucune attention à tout ce qui l'entourait. Quand on souleva le drap blanc pour lui permettre de voir le visage d'Ethan une dernière fois, un voile noir obscurcit sa vision, Marie perdit connaissance, elle sentit un bras ferme la soutenir. Ce fut la voix inquiète de Greg à ses côtés qui la fit réagir.

- Je le savais, cela fait trop pour toi. Viens ! Je te ramène chez toi. Tu dois te reposer.

Le trajet se fit de nouveau en silence, Marie la tête appuyée contre la vitre regardait le paysage qui défilait à grande vitesse. Les larmes coulaient sur son visage. Quel gâchis tous ces morts ! N'avaient-ils donc aucun respect pour la vie ? Quel rôle Greg avait-il joué dans sa disparition ? Elle lui jeta un regard furtif. Il ne semblait pas si accablé que ça par la mort de son soi-disant « ami ».

Lorsqu'ils arrivèrent devant la porte de l'appartement, Marie fut stupéfaite de voir des personnes présentes, elle se tourna vers Greg, l'interrogeant du regard.

Il leur fit signe de partir.

- Nous avions terminé, monsieur, précisa un homme vêtu de noir, en passant devant eux.

- Terminé quoi ? Répéta Marie en le dévisageant.

Il crispa ses mâchoires, rendant la ligne de ses lèvres encore plus fine. Son regard sombre était fuyant.

- Ce n'est rien Marie, c'est juste… le protocole. Nous travaillons sur des dossiers sensibles, tout doit rester secret. Nous vérifions juste qu'Ethan n'avait rien laissé chez vous, ordinateur, documents ce genre de choses, tu comprends.

- Mais j'ai vu une femme avec un appareil, elle testait quoi ?

- Elle vérifiait Marie, c'est tout.

Marie, baissa la tête, il ne lui en dirait pas plus de toute façon.

Ils pénétrèrent dans l'appartement et Marie se laissa lourdement tomber sur le canapé. Elle laissa sa tête retombée en arrière contre le coussin. Elle entendait vaguement Greg qui se déplaçait dans la pièce.

- Tiens ! Cela te fera du bien.

Marie ouvrit péniblement les yeux. En apercevant le verre d'alcool qu'il lui tendait, elle grimaça.

- Je ne bois pas d'alcool en général.

- Mais aujourd'hui tu en as besoin, écoute mon conseil.

Marie trempa juste ses lèvres, le goût amer la rebuta, elle reposa le verre sur la petite table basse.

- Bon ! Je vais devoir y aller, ne te préoccupe de rien, je me chargerai des obsèques. Que comptes-tu faire Marie ?

Elle haussa les épaules, ne sachant quoi répondre.

Il mit une main sur son épaule pour la réconforter.

- Va te reposer, tu es blanche à faire peur. Il la détailla plus attentivement.

- Dis-moi Marie, il arrivait à Ethan de te parler de notre travail ?

Marie sentit une sueur froide couler le long de sa colonne vertébrale, elle regarda le verre posé devant elle, la peur au ventre. Il n'aurait quand même pas osé y mettre quelque chose ? Elle déglutit avec peine, elle devait se montrer convaincante. Elle ricana tristement.

- Ethan était monsieur secret par excellence, il ne me disait rien. Je ne savais même pas quand il partait, je découvrais sa valise le matin dans le hall, et bien sûr je ne connaissais pas sa destination, pourquoi ?

Greg sembla approuver sa réponse, il eut un petit sourire en coin.

- Pour rien, c'est juste le…

- Protocole ! Termina Marie en le fixant avec attention.

Il fut surpris de son intervention, mais parut rassuré par ses réponses.

- Bon ! J'ai beaucoup de choses à préparer, et je dois tout assumer maintenant.

- C'est toi qui reprends la société ?

- C'est ce qui était prévu, mais ne t'inquiète pas, Ethan avait tout organisé, tu vas toucher une grosse somme d'argent, tu n'auras aucun souci à te faire.

Marie eut un petit rire amer. Comme si c'était ça la principale de ses préoccupations, l'argent ne l'intéressait pas.

Greg se retira et Marie soupira longuement. Elle ferma les yeux et tomba dans un sommeil profond. Elle se réveilla la tête lourde, le cœur battant, Où se trouvait-elle ? Tous les souvenirs affluèrent comme un torrent, une angoisse lui étreignit la gorge. Elle se redressa péniblement, il faisait encore jour, elle regarda sa montre il était dix-huit heures.

Elle alla dans la salle de bains pour se rafraîchir, puis décida de retourner à la librairie, pour y retrouver ses amis, certaine qu'ils devaient attendre de ses nouvelles. Tout au long du trajet Marie resta sur ses gardes, regardant discrètement dans les vitrines des magasins, si quelqu'un la suivait. Arrivée devant la porte de sa librairie, elle aperçut au coin de la rue, Jeannine et Samuel qui semblaient la guetter.

- Oh bon sang ! Marie je me suis fait un sang d'encre, s'écria Jeannine en la prenant dans ses bras, tendrement.

Samuel légèrement en retrait l'observa attentivement. Ils s'engouffrèrent rapidement dans la librairie.

- Comment vas-tu ? Tu as l'air si épuisée, mon pauvre amour, si seulement je pouvais rester à tes côtés sans éveiller les soupçons, l'idée de te laisser traverser toute seule cette épreuve me ronge de l'intérieur.

Marie se jeta dans ses bras.

- Mais tu es là, vous êtes là, et croyez-moi sans vous, je n'y arriverai pas.

Samuel tendit le bras et verrouilla la porte, puis il se dirigea vers le fond de la salle, tenant toujours Marie lovée contre lui. Ils prirent place sur le canapé. Elle leur narra les derniers évènements, ils écoutèrent avec attention.

- Ils sont ignobles, je suis persuadée qu'ils l'ont éliminé. Tu parles ! Un chauffard ! Et puis quoi encore, quelle étrange coïncidence, monsieur gênait et hop ! Problème résolu, il disparaît, précisa Jeannine, en faisant la grimace. Chez eux on ne fait pas de vieux os.

- Tu es sûre qu'ils ne se doutent de rien ? L'interrogea anxieusement Samuel en pressant ses mains dans les siennes.

- Non ! D'ailleurs j'ai à peine ouvert la bouche, de peur de commettre une erreur. Quand je pense qu'il se disait son ami. Sa chaise n'est même pas froide, qu'il reprend sa place, murmura-t-elle avec dégoût.

- Tout est prévu à l'avance. Ces gens-là croient mener la danse, ils vont déchanter Marie je te le promets, murmura tendrement Samuel à son oreille.

Marie éclata en sanglots.

- Quand je pense que j'ai été odieuse avec lui, mes derniers mots me hantent, si vous aviez vu son regard, il était brisé et moi j'insistais, je déversais ma colère sur lui.

- Eh ! C'était normal, il venait quand même d'avouer le meurtre de Pierre, si j'avais été à ta place je l'aurais assommé sur place, il serait resté raide à terre, alors tu vois, tu as plutôt réagi avec modération. Remarque… je lui aurais peut-être sauvé la vie, précisa Jeannine avec un petit rire ironique, il n'aurait pas pu se faire écraser.

Les sanglots de Marie redoublèrent.

- Oh ! Mais je suis la pire des idiotes, murmura Jeannine en voyant la peine de son amie.

- Pourquoi l'ont-ils éliminé ? Demanda Marie entre deux sanglots.

- Je suppose qu'on parlait un peu trop de sa société, son nom allait être cité, les soupçons devenaient plus précis, on le reliait à cette conspiration et tu le sais, ces gens-là détestent toute publicité, ils veulent le secret absolu, il était « grillé » comme on dit.

Marie attrapa son sac à la recherche d'un mouchoir, quand sa main heurta un objet qu'elle n'arrivait pas à identifier, elle l'en extirpa, et resta figée, c'était la montre d'Ethan.

- Mais, qu'est-ce qu'elle fait là ? La dernière fois que je l'ai vue, elle était sur la table du salon, juste avant qu'Ethan ne parte.

Elle la pressa sur son cœur.

- il tenait tant à cette montre, avoua-t-elle avec émotion.

Elle vit Samuel l'observer en fronçant les sourcils. De peur de le peiner, elle la reposa sur la table devant eux.

- Je… Je suis désolée Samuel c'est juste que…

Il repoussa une longue mèche blonde cendrée derrière son épaule et l'embrassa tendrement sur la tempe.

- C'est normal et je le comprends, tu as vécu deux ans avec lui, il fait partie de ta vie. Malgré tout ce qu'on peut lui reprocher, tu l'as quand même aimé. Je peux l'admettre, tu es partagée entre ta haine pour ce qu'il a fait à Pierre et le chagrin que tu ressens pour cette nouvelle perte. Cela fait beaucoup à encaisser en peu de temps. Il mit son bras autour de ses épaules.

Jeannine se mordillait un ongle, en regardant la montre.

- Il y a un truc qui me chiffonne.

- Quoi donc ? Demandèrent en chœur Marie et Samuel.

Jeannine se tourna vers eux, en plissant les yeux.

- Oh ! Toi tu joues encore les Sherlock, murmura tendrement Marie en observant son amie.

- Oui ! Tu as dit que ces derniers mots étaient étranges n'est-ce pas ?

- Quels mots ? Ceux d'Ethan ou de Greg ? L'interrogea Marie en la scrutant avec attention.

- Ethan ! Il a fait référence au temps il me semble, mais je ne me souviens plus exactement de ce qu'il t'a dit.

- Ah oui ! Un truc du genre, l'heure est venue, le temps est arrivé... je crois que c'était ça, mais pourquoi ?

- C'est plutôt bizarre. Ce gars ne quittait jamais sa montre, ses derniers propos font référence au temps, et comme par hasard il l'a glissée dans ton sac.

Samuel se redressa subitement afin de s'en saisir, puis il commença à l'étudier méticuleusement.

- C'est un petit bijou de technologie.

- C'était le dada d'Ethan, précisa tristement Marie.

- Oh ! Regardez, s'écria joyeusement Samuel.

Sur l'arrière de la montre une petite plaque dissimulait une clé USB qu'il retira, la brandissant fièrement devant les deux femmes.

- Une clé USB dans une montre c'est possible ça ? Demanda Jeannine médusée.

- Oui, mais sur une montre aussi fine, c'est un exploit. Personne ne pouvait la deviner.

- Tu crois qu'il a fait exprès de la mettre dans mon sac ? L'interrogea Marie, sous le choc de cette découverte.

- Probablement, d'où sa référence au temps, bravo ! Jeannine tu es très douée.

- Je suis accro aux séries policières. J'ai l'impression de faire partie de leurs équipes d'investigation, à force, je deviens une pro.

Ses amis pouffèrent de rire.

- Voyons ce qu'il cachait si méticuleusement. Samuel se précipita sur l'ordinateur portable de Marie.

Ils découvrirent une vidéo datant de quelques années, on y voyait les plus grands dirigeants du monde signant des documents.

- Ça veut dire quoi ça ? Interrogea perplexe Jeannine. En tout cas eux aussi vieillissent, c'est rassurant il n'y a pas que nous.

Marie fixait attentivement l'image, ils signaient tous un document, une personne s'en saisit. Un gros plan fit apparaître le nom du dossier : projet CHIMÙ.

- Oh ! Mais ... S'écria Marie stupéfaite.

- Oui nous avons enfin la preuve de leur implication dans cette conspiration. Il y a d'autres documents sur la clé. Samuel continua de faire défiler les informations. Là, nous avons le projet CHIMÙ en détail. Et là, le protocole d'accord, avec le laboratoire FULMORT. Cette dernière photo est importante aussi. On voit notre cher milliardaire présent lors de ces réunions avec toutes ces têtes bien pensantes et le dirigeant de FULMORT. Tout est là.

- Mais pourquoi Ethan gardait-il cette clé sur lui ? Demanda Marie intriguée par ces découvertes.

- C'était probablement son assurance vie.

- Alors pourquoi ne l'a-t-il pas utilisée pour sauver sa peau ? Insista-t-elle.

- Car il t'aimait plus que tout, ma chérie, précisa doucement Jeannine. Il te l'a dit lors de votre dernière entrevue. Tout ce qu'il a fait c'était pour te protéger. Vivre sans toi, n'avait aucun intérêt, il a vu ton dégoût, ton rejet. Il a certainement voulu se racheter à tes yeux, en te laissant la preuve pour les inculper. C'était une belle ordure, paix à son âme, murmura-t-elle en faisant un rapide signe de croix, mais son amour pour toi, je n'en doute pas.

Marie était effondrée, Ethan s'était sacrifié, il savait ce qui allait se produire, et il lui avait laissé la montre. Ces derniers mots lui revinrent en tête, « le temps de la vérité est venu ». Une larme coula sur sa joue, qu'elle essuya rapidement.

- On a de quoi les faire tous tomber ! Affirma avec détermination Samuel, nous allons venger Pierre et ... également Ethan, dit-il en pressant tendrement le genou de Marie, qui tremblait de tous ses membres.

- Mais comment ? Demanda-t-elle d'une voix émue.

- Mon contact ! Il va se faire une joie de répandre ces infos sur la toile, en moins de deux, le monde sera au courant.

- Tu crois que cela va marcher ? S'inquiéta Marie.

Il hocha vigoureusement la tête.

- Certain ! Nous allons éveiller les consciences.

- Pas toutes, le contredit Jeannine. Tu sais il y en a encore qui pensent que le nuage de TCHERNOBYL nous a contourné, pourtant les preuves sont là. Il n'y a pas pire aveugle que celui qui ne veut rien voir.

- C'est vrai ! Répliqua Samuel, mais nous allons quand même faire prendre conscience à certains de la vérité, la rumeur va se répandre. Il n'y a rien de plus insaisissable, elle court, on ne peut pas l'arrêter. Ils auront beau tout faire pour la minimiser, la discréditer, elle continuera à s'infiltrer dans tous les ordinateurs. Le doute va s'installer. Ils devront se justifier, la vérité va enfin éclater.

Marie se mordilla la lèvre inférieure.

- Mais qu'est-ce que la vérité ? C'est l'interprétation des faits, mais ils ne sont pas gravés dans le marbre. Chacun analyse, donne un sens à un fait à sa façon. Il n'y a pas qu'une seule vérité, nous menons un combat difficile.

- Oui, mais à force d'accumuler les preuves, ils n'arriveront plus à les minimiser. Tu dois avoir confiance Marie. Je m'occupe de ça, dit-il en glissant la clé dans sa poche. Maintenant tu dois rentrer chez toi. Ne parle de rien à personne tu m'as bien compris ?

Marie opina de la tête en signe d'assentiment.

- Les obsèques vont avoir lieu dans quelques jours, reste murée dans ton silence, on le comprendra, tu dois supporter deux deuils c'est très éprouvant. Que comptes-tu faire ensuite ? Demanda-t-il anxieusement.

Marie prit une grande respiration.

Je vais contacter ce cher monsieur SILTER.

Samuel fronça les sourcils.

- Tu sais, celui de l'agence immobilière.

Le cœur battant et les mains moites, il attendit sa précision.

- Je vais lui demander de mettre en vente l'appartement, Ethan l'avait mis à mon nom, et je vais également lui proposer de s'occuper de la librairie.

- Quoi ! Mais tu l'aimes tant, ce lieu est magnifique, murmura Jeannine avec émotion.

- Paris n'est pas pour moi, je veux retourner à la maison, à la Bastide.

Une chaleur intense réchauffa le cœur glacé de Samuel, il se pencha et l'embrassa avec ferveur, sous les yeux ravis de Jeannine.

- Je t'attendrai mon amour, nous allons repartir avec Jeannine. Nous ne devons éveiller aucun soupçon, c'est primordial.

Ils se quittèrent après d'émouvantes effusions. Marie avait hâte d'en finir.

Le jour des obsèques, elle revêtit une sublime robe noire, elle voulait faire honneur à Ethan, malgré tout ce qu'il avait fait. On prétendait qu'entre l'amour et la haine il n'y avait qu'un pas, Marie en était aujourd'hui persuadée. Son cœur oscillait entre les deux. Il fallait qu'elle tourne la page au plus vite.

Greg vint la chercher, il portait un costume noir, une cravate de la même couleur sur une chemise d'un blanc immaculé. Il observa longuement Marie.

- Que comptes-tu faire après ?

Elle s'attendait à cette question, prenant un air accablé, elle répondit d'une voix triste.

- Je rentre chez-moi en Provence. Je ne me sens pas de vivre seule ici. J'ai besoin de m'éloigner.

Il s'empara de sa main qu'il pressa tendrement, elle se raidit n'osant le repousser.

- J'aurais aimé que tu restes, avoua-t-il.

Marie tomba des nues, Elle avait déjà remarqué l'intérêt qu'il lui portait, mais de là à lui faire des avances le jour de l'enterrement d'Ethan, il ne manquait pas de culot. Un goût de bile remonta dans sa bouche. Décidément il n'avait aucun scrupule.

Délicatement elle retira sa main.

- J'ai besoin de fuir, de m'éloigner de tout ça. Tu sais vivre dans le culte permanent du secret, ce n'est pas pour moi.

- Nous pourrions rester en contact ? Je t'accorderai tout le temps nécessaire, insista-t-il.

Marie secoua la tête avec vigueur.

- Non ! Je suis désolée, tu me rappelleras toujours Ethan. Elle essaya de faire preuve de persuasion. Marie sentait qu'il avait joué un rôle déterminant dans la disparition d'Ethan, et cet ignoble individu qui avait déjà pris le siège d'Ethan à la société, voulait maintenant la conquérir. Elle s'éloigna de lui le plus vite possible, ses talons hauts ne lui facilitant pas la tâche.

Une foule d'inconnus vint vers elle. Ils avaient tous des mines compatissantes, l'assurant de leur soutien. Combien d'entre eux faisaient partie du complot ? Elle les observa avec attention. Un frisson la parcourut, elle dut fermer les yeux, évoquer le doux visage de Samuel pour trouver la force de faire bonne figure. Jouer la comédie de la veuve éplorée, encore quelques heures. Ensuite elle retrouverait son petit coin de paradis, et les bras réconfortants de Samuel, l'humour de Jeannine avec sa joie de vivre permanente, et ses deux bébés, Mistral et Fanfan. Son cœur se gonfla d'émotion, elle redressa les épaules, elle était prête à supporter la cérémonie, à dire adieu à cet homme qu'elle avait tant aimé… avant de le haïr avec force, que la vie pouvait être compliquée parfois.

- Comment-ça ?

- Tous les livres ont été emballés, ils vont être livrés ici même.

- Mais pour quelle raison ?

- Je vais ouvrir une librairie en ligne, et j'ai pris des tas de photos de mon magasin, elles illustreront ma page de présentation. Tu comprends, elle n'a pas disparu, elle renaît de ses cendres, un peu comme le phénix.

Samuel approuva, il esquissa un sourire tendre.

- Comme toi, même brisée, rien ne peut te détruire, tu te relèves encore plus forte, c'est ce que j'aime chez toi, ta résilience. Et... nous ? Demanda-t-il d'une voix émue.

Marie minauda, faisant semblant de ne pas comprendre.

- Quoi nous ? Quel nous ?

Il lui pinça la taille en représailles. Elle pouffa de rire.

- Tu as changé de catégorie.

Il fronça les sourcils, intrigué par sa réponse.

- Comment ça, quelle catégorie ?

- Tu n'es plus un « fourestié ».

Il éclata de rire.

- Tu vas fréquenter une fille du pays, tu es enfin des nôtres.

- Juste fréquenter ?

- Et plus si affinité, répondit-elle, les yeux pétillants de malice.

- Alors on peut sauter directement une étape. Allons à l'essentiel, toi et moi c'est pour la vie.

Marie l'embrassa tendrement puis elle mit son index sur sa bouche, ses yeux étincelaient de plaisir.

- Il me vient une idée !

Samuel intrigué pencha la tête.

- Hum ! Laquelle ?

- De l'autre côté de la colline la connexion est meilleure. Tu m'as dit que ta maison était bien trop petite pour toi, mais on pourrait y installer ton bureau, un vigneron digne de ce nom en a besoin et nous pourrions y établir aussi le siège de ma librairie en ligne, on partagerait internet et la Bastide deviendrait notre foyer.

Samuel mit ses deux mains de chaque côté de son visage, ses yeux étaient embués de larmes.

- C'est ce que j'aime chez toi, non en fait j'aime tout. Tu es mon âme sœur, toi et moi pour toujours, affirma-t-il en l'embrassant avec passion.

- À la bonne heure ! S'écria une voix essoufflée derrière eux.

C'était Jeannine qui prit place sur le banc à leurs côtés.

- Moi aussi j'ai une bonne nouvelle à vous apprendre.

- Oh ! Laquelle ? Demanda Marie dévorée de curiosité.

- Mon charmant voisin, m'a invitée.

- Celui qui gardait Mistral et Fanfan ? Interrogea Samuel en souriant.

- WAOUH ! C'est un rapide. Mais attention a-t-il passé l'épreuve ? Murmura Marie en tapotant sa joue avec son index.

- Quelle épreuve ? Rétorqua Jeannine.

- La fatidique ! Il est blond ou brun ?

Jeannine éclata de rire.

- Il est... chauve ! Au moins cela règle le problème.

Marie et Samuel s'esclaffèrent.

- Mais il y a un hic ! Reprit plus sérieusement Jeannine.

- Quoi donc ? Demanda anxieusement Marie.

- Il s'appelle Paul DELPECH.

Il y eut un grand silence.

- Comme le... fameux professeur ? Demanda Samuel, un sourire en coin.

Jeannine soupira avec excès, en roulant des yeux.

- C'est son fils, il vient prendre sa retraite ici.

Ils éclatèrent de rire.

- Le pire, c'est qu'il sait que son père était mon professeur, il veut qu'on aille manger chez lui.

- Il est encore vivant ? S'enquit Marie.

- Ohé ! Je ne date pas des dinosaures quand même, précisa Jeannine en riant. Eh oui ! Il a quatre-vingt-dix ans. Il pense que cela fera plaisir à son père de rencontrer une ancienne élève, d'évoquer le bon vieux temps. Tu parles d'un plaisir ! Si dans son salon il a gardé en déco un tableau posé dans un coin, je vais de suite m'y mettre derrière, cela lui ravivera la mémoire.

Ils s'esclaffèrent, ici rien ne changerait jamais, et c'est ce qu'elle aimait. Le temps s'écoulait plus doucement, loin de la folie des hommes. Le rapport à la nature était une évidence, on ne se posait pas de questions, on savourait juste le temps présent.

- Bon je redescends, Paul m'attend, il m'a apporté un chaton.

- Un chaton ? Répéta Marie avec surprise.

- Quand il a vu le livre que mon… fils avait acheté, dit-elle en faisant un clin d'œil, il a cru que j'en voulais, un. Il m'a ramené une adorable petite chatte grise, un amour de bébé, comment voulais-tu que je résiste ?

- Oh ! J'ai hâte de la voir, s'écria Marie avec enthousiasme. Comment s'appelle-t-elle ?

- Lady ! Bon ! Je sais ce n'est pas très Provençal, mais cela lui va tellement bien. Il adore les animaux, encore un bon point pour lui. Je file mon bébé va avoir faim.

Marie regarda son amie s'éloigner avec tendresse.

- Tu vois, tout s'arrange, murmura Samuel en mordillant le lobe de son oreille.

Une question pourtant la hantait.

- Et si je ne peux pas avoir d'…

- Chuuuuut ! On n'en sait rien, Marie, peut-être qu'ils ont mis sur le marché ce vaccin avant de finaliser leur projet diabolique. N'oublions pas que le virus a échappé à leur contrôle. Pour essayer de le maîtriser ils ont dû agir plus rapidement afin de limiter le nombre des victimes, ce vaccin soigne quand-même.

- Oui mais, si...

- Arrête de te tracasser avec ça. Il fait beau, l'amour est dans l'air, et ici sur cette terre bénie, rien de mal ne peut nous atteindre. La vie est un pari Marie, je le prends avec toi. Ensemble nous surmonterons tout.

Marie le regarda longuement, elle mit ses mains de chaque côté de son visage.

- Ensemble pour toujours, dit-elle avant de l'embrasser.

FIN